함께 읽기
좋은 날

이민수 선생님의 다정한 독서 수업
함께 읽기 좋은 날

초판 1쇄 펴낸날 2022년 2월 15일
초판 3쇄 펴낸날 2024년 7월 2일

지은이 이민수
펴낸이 홍지연

편집 홍소연 이태화 김선아 김영은 차소영 서경민
디자인 이정화 박태연 박해연 정든해
마케팅 강점원 최은 신종연 김가영 김동휘
경영지원 정상희 여주현

펴낸곳 ㈜우리학교
출판등록 제313-2009-26호(2009년 1월 5일)
주소 04029 서울시 마포구 동교로12안길 8
전화 02-6012-6094
팩스 02-6012-6092
홈페이지 www.woorischool.co.kr
이메일 woorischool@naver.com

ISBN 979-11-6755-035-4 03810

• 책값은 뒤표지에 적혀 있습니다.
• 잘못된 책은 구입한 곳에서 바꾸어 드립니다.
• 이 책의 인세는 학교 부적응 청소년들을 위한 대안교육기관에 전액 기부됩니다.

만든 사람들
편집 한미경
디자인 책은우주다

이민수 선생님의 다정한 독서 수업

함께 읽기 좋은 날

이민수 지음

우리학교

오늘도 함께 읽기 좋은 날!

어릴 때부터 책을 좋아했다. 책을 읽을 때만큼은 현실을 벗어날 수 있었다. 소설을 읽는 동안 다른 사람의 삶을 살고 나면, 내 삶을 견딜 힘도 생겼다. 책이 주는 위로와 안도감은 대학을 졸업한 후 다시 국어교사의 꿈을 갖게 했다. 서른이 넘어 교사가 되었고, 육아휴직 중 아이에게 읽어 줄 그림책을 찾다가 어린이 책, 청소년 문학의 세계에 눈을 떴다.

책을 좋아한다고 해도 교사가 되지 않았다면 지금만큼 책을 사랑하진 않았을 것이다. 재미있는 책을 만나면 아이들에게 얼른 알려 주고 싶다. 내가 소개하는 책 이야기에 눈을 반짝이는 아이들, 내가 권한 책을 숨죽여 읽는 아이들, 책모임을 할 때면 내게 속마음을 아낌없이 털어놓는 아이들이 있었기에 나는 '책사랑꾼

민수샘'이 되었다.

신간 소개 혹은 좋은 책 목록을 볼 때면, 누군가 고층빌딩에서 지폐를 뿌리는데 다 줍지 못해 발만 동동 구르는 느낌이다. 내가 더 많이 읽어야 더 재미난 책을, 더 많은 아이들 한 명 한 명에게 맞춤형으로 권할 수 있을 텐데. 읽는다고 읽어도 쏟아져 나오는 책의 속도를 따라잡을 수는 없다. 그래도 아이들이 좋아할 책 목록을 만들면 김장을 끝낸 것보다 더 뿌듯하다.

올해로 삼정중학교에서 10년째, 내 교직의 절반을 보냈다. 독서 수업으로, 교과서가 아닌 책만으로 아이들을 3년 내내 만나는 일은 흔치 않다. 방학이면 다음 학기 아이들과 읽을 책을 고르는 게 나의 가장 큰 일이요 낙이다. 수업 시간에 책이 재미없다거나 혹은 다 읽어서 한 권 더 추천해 달라는 아이를 데리고 도서실 서가에 서면, 아이는 꼭 묻는다.

"샘은 여기 있는 책 다 읽었죠?"

"아니야, 다는 무슨……."

겸연쩍게 웃지만, 그렇게 봐주는 아이들이 있기에 나는 더 부지런해진다. '책을 꿰뚫고 있는 선생님이 멋있어요.' '선생님의 책 추천은 실패가 없어요.' '선생님 덕분에 책이 좋아졌어요.' 이런 말을 들을 때면 내 속의 고래는 서점과 도서관을 향해 춤을 추며 달려간다. 아이들이 좋은 만큼, 책이 궁금한 만큼, 내게 주어진 시간만큼, 읽고 권하는 선생님으로 남고 싶다.

아이들과 책모임을 하며 나눈 대화(2장)를 기록하다 여기까지 왔다. 자신의 이야기가 글로 쓰여진 것을 신기해하며, 흔쾌히 출판을 허락해 준 아이들에게 고맙다. 책에 관한 일이라면 언제나 격려를 보내 주시는 동료 선생님들께도 감사드린다. 원고를 쓰고 다듬는 3년은 힘겨웠지만, 결국 아이들을 위한 것도, 후배 교사나 학부모를 위한 것도 아닌 나를 위한 일이었음을 책을 다 쓰고 나서 알게 됐다. 나의 교직 생활을 돌아보는 날, 이보다 더 큰 선물은 없을 테니까.

아이들과 책을 만나 행복했던 시간이, 책을 들고 설렜던 마음이 이 책을 읽는 분들께도 따뜻하게 건네졌으면 좋겠다.

당신이 읽어 주셔서 오늘도 함께 읽기 좋은 날!

2022년 1월

이민수

차례

3장 책 그게 뭐라고!

1장

순한 맛 청소년 소설을 권합니다

자극적인 볼거리, 읽을거리가 넘쳐나는 세상에서
청소년 소설은 고군분투한다.
매운맛 장르물에 길들여진 아이들에게 순한 맛
청소년 소설은 싱거울 텐데,
내가 권한 책을 군말 없이 읽어 준 게
고맙기만 하다.

5층 끝 도서실

독서 수업은 도서실에서 한다. 학교 건물도 산자락이라 높은데, 도서실은 그중에서도 가장 높은 5층 끝. 가쁜 숨을 몰아쉬며 도착한 아이들은 기록장과 책을 찾아 자리에 앉는다. 지각생들에겐 눈빛 경고장을 날리고, “얼른 읽자!” “누가 아직도 떠들까?” “질문은 샘에게만 하기”, 술렁이는 아이들을 다독이며 읽기를 독려한다.

아이들이 하나둘 책에 집중하면 조용해지는 도서실. 아기는 잠잘 때가 제일 예쁘고, 아이는 책 읽을 때가 제일 예쁘다. 책상에서 가슴까지의 거리, 양손으로 책을 세운 각도, 고개와 어깨의 기울기, 책을 읽는 자세는 모두 달라도 표정만은 사뭇 진지하다.

아이들이 책을 읽기 시작하면 나도 책을 펼친다. 칠판 앞에서 읽다가 책을 접고 아이들 등 뒤를 걷는다. 책상에 엎드려 읽는 아이는 어깨를 잡아 일으켜 준다. 책상 끝에 책을 걸치거나, 무릎에 책을 놓고 보는 아이는 의자를 당겨 바르게 앉게 한다. 가슴과 책상이 적절한 거리를 유지하면서 허리와 어깨를 펼 수 있도록. 비뚤어진 자세가 편하다는 아이들에겐 척추 측만증의 위험성을 알린다. 나도 척추 측만증이 있다는 걸 어른이 된 후에 알았다. 어릴 때 알았더라면, 바른 자세로 앉기만 했더라면 키가 3센티미터는 더 크지 않았을까? 이런 말을 하면 허리를 펴고 자세를 고쳐 앉는 아이들이 보인다.

교실을 돌면서 집중을 못 하는 아이가 있는지 살핀다. 책은 들고 있지만 자꾸 주변을 살피는 아이, 창밖을 쳐다보는 아이에게 다가가 책이 어떤지 물어본다. 읽을 만하다고 하면 기다려 주고, 재미가 없다고 하면 바꿔 줄까 묻는다. 물론 처음부터 바꿔 주지는 않는다. 이해가 잘 안 돼도 30, 40쪽까지는 읽어 보자고 독려한다. 내가 쉽게 읽었다고 해서 아이들도 쉽게 빨려 들어가는 건 아니니까. 인물과 사건의 실마리를 기억하지 않고 책장만 넘기는 아이에겐 앞으로 돌아가 필요한 부분을 짚으며 설명해 준다.

문턱을 낮춰 주면 다음은 한결 수월해진다. 물론 두 시간을 읽어도 진전이 없고 재미도 없다고 하면 책을 바꿔 준다. 자신에게 안 맞는 책을 억지로 읽게 하기보다는 쉬운 책이라도 한 권을 끝까지 읽어 성취감을 얻게 하는 게 낫다. 도서실에서 수업을 하면 책을 바꾸기에 좋다. 동화나 만화 같은 재밌는 책은 얼마든지 있으니까.

자리도 한 번씩 바꿔 준다. 도서실 6인용 탁자에는 아이들이 자유롭게 모여 앉는데, 떠드는 아이는 빈 테이블로 가게 한다. 아이들은 혼자 떨어져 앉는 걸 끔찍이도 싫어한다. 강제 전학이라도 가는 양 펄쩍 뛰고, 누가 먼저 말을 걸었나 자기들끼리 시비를 가린다. 서로 안 간다고 가위바위보를 하고, 한 번만 봐달라고 애교를 떨고. 책을 읽던 아이들은 잠시 구경거리가 생긴 셈. 아이들의 항변과 투정이 귀엽기도 하지만 밀리면 안 된다.

아이들이 다시 책을 읽는다. 조용해진 교실의 적은 졸음. 방심하고 내 책을 읽다 보면 엎드린 아이들이 보인다. 졸린 아이는 세수를 하고 오게 하거나, 창가 쪽 자리에서 창문을 열고 읽게 한다. 아이들은 수업 시간에 보건실이나 화장실에 다녀오기를 좋아한다. 화장실 갈 때 규칙은 한 사람이 한 번만, 혼자서 다녀오기. 바람을 쐬고 온 아이는 표정이 한결 밝아진다.

크고 작은 술렁임 속에서도 대부분의 아이들은 흔들림 없이 책을 읽는다. 책을 읽는 아이들의 뒷모습이 미덥게 여겨질 무렵

이면 수업이 끝날 시간, 아이들은 기지개를 켜듯 연필을 꺼내 기록장을 적는다.

예전에는 읽어야 할 책 외에 추가로 많이 읽은 아이, 혹은 독후감을 정성스럽게 잘 쓴 아이에게는 상으로 쿠폰을 주기도 했다. 독서 시간에만 쓸 수 있는 조커, 즉 '내 맘대로 앉기' '10분 낮잠 자기' 등을 주었는데, 낮잠 쿠폰을 받은 아이들은 이 쿠폰을 쓴 적이 없다. 책을 좋아하고 글도 잘 쓰는 아이들에겐 수업 중 휴식이 필요하지 않았던 것. 나는 돈 한 푼 안 들이고 생색을 내고, 쿠폰을 받은 아이는 친구들의 부러움을 사고. 얼마간 주다가 무용지물이 되고 만 낮잠 쿠폰은 몇 년째 내 책상 속에서 긴 잠을 자고 있다. '내 맘대로 앉기' 쿠폰도 도서실에 오면서 자연스레 사라졌다. 모둠이 같은 책을 읽을 때는 모둠별로, 개별 책을 읽을 때는 자유롭게 앉는다.

처음 독서 수업을 시작할 때는 아이들에게 책 읽을 시간을 주는 게 가장 큰 목표였다. 바쁘게 돌아가는 일상에서 매주 한 시간만이라도 온전히 책에 몰입할 수 있길 바라면서. 그런데 코로나로 원격 수업을 하게 되면서 시간 못지않게 '함께 읽는 공간'의 중요성을 깨닫는다.

읽기를 방해하는 휴대폰, 학원 숙제, 수행평가를 교실에 두고 도서실로 오는 아이들, 가벼워진 몸과 마음으로 책에 집중하기 시작하면 어느덧 소리를 잊는 도서실. 운동장에서 공사 중인 기계 소리, 다른 반 체육 수업에서 들려오는 음악과 함성에 가슴은 조마조마, 간혹 누군가의 재채기 한 번만으로도 깨져 버리는 위태로운 정적은 아이들 한 명 한 명의 몰입이 켜켜이 쌓여 이룬 아름다운 성이다. 책의 구애를 받아들이는 아이들의 손길, 숨길이 모여 완성한 묵독의 시간, 나는 황홀한 기분으로 유영하듯 교실을 걷는다. 누가 말했던가? 침묵은 신의 언어라고. 아이들이 말을 잃고 책 속으로 침잠하는 시간이야말로 신의 언어를 배우는, 아니 아이들 안에 존재하는 신을 만나는 시간이라고 감히 말해 본다.

도서실이 5층에서 2층으로 이사를 하고 새 단장을 끝냈다. 크고 시원스러운 통창으로 근린공원의 사계절을 책과 함께 즐기게 된 도서관. 아직은 방역 문제로 수업 시간에 가지 못해서 그런 걸까? 4년 동안 독서 수업과 독서동아리 모임으로 북적였던 곳, 책을 향한 열정과 대화의 입김이 서린 곳은 아직도 5층 끝 도서실이다.

독자 권리 장전, 읽거나 읽지 않을 권리

"아, 진짜! 나도 연애를 못 했는데, 초딩이 너무하잖아."

수업이 끝나는 종소리에 벌떡 일어난 지은이가 앞자리 친구에게 달려가 흥분한 목소리로 말한다. 『5번 레인』(은소홀, 문학동네) 이야기다.

'그래, 내가 뭐랬어? 잠든 연애 세포를 확 깨운다고 했잖아. 나도 그랬는데, 너희는 오죽하겠니? 중딩 솔로들에겐 초딩의 연애담이 보기만 해도 배가 아프겠지.'

삼삼오오 모여 분통을 터뜨리는 아이들을 보며 교실을 나온다.

이번 학기에 읽을 책으로 『5번 레인』을 선택하기를 잘했다. 아이들에게 사랑만큼 솔깃하고 쫄깃한 사건이 있으랴. 주인공 나루와 전학생 태양이의 사랑은 여학생들의 취향 저격! 열세 살 수

영부 아이들의 도전과 좌절, 우정과 갈등, 스포츠물이라 소재도 참신하고 인물도 살아 있다. 초등학생용 책이라고 얕잡아 봤던 아이들의 눈빛이 달라졌다.

지은이는 작년 1학기에는 『얼음붕대 스타킹』을 끝까지 읽기 버거워했는데, 올해는 『5번 레인』 열혈 팬이 되었다. 어른이 봐도 좋은 책이라며 홍보대사를 자처한다. 등장인물 중에서도 버들이 캐릭터가 가장 마음에 든다고. 할 만큼 했기에 수영을 포기해도 아쉬움이 없는 버들이가 멋있단다. 나루와 태양이의 사랑에만 꽂혔나 했더니, 버들이의 마음까지 알아보는 지은이가 대견스럽다.

복도를 지나가는데 서영이가 말을 건다.

"샘, 『꿀값』(정연철, 푸른숲주니어)이 처음엔 좀 별로다 싶었는데 계속 읽으니까 재밌더라구요."

"진짜? 나도 처음엔 이런 날라리가 있나 싶었는데 뒤로 가면서 괜찮았어. 역시 끝까지 가 봐야 안다니까."

작년 코로나로 원격 수업을 할 때는 인터넷이 끊긴다며 수업에 들쑥날쑥했던 서영이. 책도 절반을 읽지 못했는데, 올해는 작년 서영이가 맞나 싶게 달라졌다. 『꿀값』은 3학년 남학생들을 위해서 고른 책인데, 서영이 마음에도 든다니 다행이다.

어느 날 아이들이 모둠 발표 준비를 하는 모습을 지켜보고 있는데 서영이가 뜬금없이 묻는다.

"샘, 손이 왜 이렇게 작아요?"

난 책과 관련 없는 기습 질문이라 얼렁뚱땅 넘겼는데, 나중에 서영이 작년 담임선생님과 이야기를 나누다 보니 이유가 밝혀진다.

"서영이가 원래 사람 손에 관심이 많아요. 작년부터 네일아트를 배우고 있거든요."

아, 그렇구나. 얘가 왜 민망하게 남의 손을 유심히 보나 했는데 그런 사연이 있을 줄이야.

『꼴값』의 주인공은 헤어디자이너가 되고 싶어 한다. 중3 남학생이 아버지의 거센 반대를 헤치고 자신의 꿈을 향해 거침없이 나아가는 모습이 서영이 마음에 들었나 보다. 아이들은 자신과 비슷한 성격이나 취미, 진로 희망을 가진 주인공을 응원한다. 책을 열심히 읽으니 발표도 잘한다. 수줍음이 많은 줄로만 알았던 서영이의 당찬 모습, 똘망똘망한 목소리에 반해 버렸다.

아이들마다 좋아하는 책이 다르지만 올해 가장 뜨거운 반응을 보인 책은 『소녀A, 중도 하차합니다』(김지숙, 다른)다. 이 책을 손에 든 아이들은 최면에 걸린 듯 단숨에 빠져든다. 매시간 잠시도 가만있지 못하는 승수도 시선 고정! 기록장에 도장을 찍으려고 옆에 가기도 조심스럽다. 그래도 다가가서 조용히 물어본다.

"책 어때?"

"재밌어요."

이런 짧은 답변뿐 나에게 눈길도 안 준다. 승수만이 아니다. 작년에는 책을 읽는 척하면서 학원 숙제를 하던 명준이도, 빨간 펜으로 팔에 상처를 그려 나를 놀라게 했던 은희도 올해는 모두 '소녀A'에 빠졌다.

시계를 보는 아이 한 명 없이 초집중한 날이면 시간은 더욱 빨리 간다. 나도 시간을 잊고 있다가 수업이 끝나기 5분 전에야 황급히 '이제 기록장 쓰자'라는 말을 하면 고개를 드는 아이들. 책을 뒤적이며 문장을 고르고 기록장을 쓴다. 내가 교실에서 나갈 때까지도 차분히 앉아 쓰는 아이, 종이 울리기도 전에 벌떡 일어나 친구에게 가는 아이. 읽는 자세도 다르듯, 기록장을 쓰는 모습도 각양각색이다.

독서 교육에 무슨 말이 더 필요할까? 잠시도 가만있지 못하는 중학생들을 자리에 붙들어 두는 책이야말로 최고의 교재, 좋은 책일수록 할 말도 많다. 책 이야기로 입이 근질거리는 아이들에게 쓰기를 강요하는 것은 교사의 노파심. 읽은 내용을 잊을까 봐 몇 자라도 쓰라고 독려하지만, 책으로 들뜬 마음을 말하고 싶은 건 인지상정. 읽고 나서 자발적으로 책 이야기를 나누는 걸 볼 때

만큼 흐뭇한 건 없다. 내가 청소년 소설을 꾸준히 읽는 것도, 아이들에게 자꾸만 책을 권하는 것도 이런 순간 때문이다.

"거봐, 이제 알겠지? 책이란 이렇게 재밌는 거라고!"

내 입으로 새삼 덧붙이지 않아도, 책의 맛을 본 아이들은 나와 한편이 된다.

다니엘 페나크의 『소설처럼』(문학과지성사)에는 '독서 기피증'에 걸린 중학생들에게 소설 『향수』를 읽어 주는 선생님이 나온다. 듣다가 잠이 든 학생도 깨우지 않는 인내심 충만한 이분은 '책 읽는 소리를 자장가 삼아 곯아떨어지는 것이야말로 독서에서 누릴 수 있는 즐거움 가운데 으뜸가는 즐거움'이라고 말한다. 책의 저자, 프랑스의 동화작가이자 국어선생님인 다니엘 페나크 본인의 경험에서 우러나온 말이다. 수업 시간에 책을 읽어 주다 멈추면, 마치 드라마의 다음 편이 궁금하듯 아이들은 뒷이야기를 찾아 읽는다. '소설 읽기란 이야기를 원하는 우리의 갈구를 채우는 일'이기에, 이야기의 허기를 자극하는 선생님과 자석처럼 끌려가는 아이들의 모습이 소설처럼 그려진다.

나도 다니엘 페나크의 흉내를 내 보려고 아이들에게 『어느 날 내가 죽었습니다』(이경혜, 바람의아이들)를 읽어 준 적이 있다. 그러나 한때일 뿐, 계속하지는 못했다. 이유는 책을 읽는 동안 아이들의 얼굴을 볼 수 없어 답답했기 때문이다. 듣고 있는 건 맞겠지? 불행인지 다행인지 잠든 아이는 없었지만, 나조차 집중이 안 됐다. 더구나 체력 소모도 만만치 않았다. 한 시간 내리 읽다 지친 나는 아이들 스스로 책을 찾아 읽을 때까지 기다리지 못했다.

초등 선생님들 중엔 책을 직접 읽어 주는 선생님들이 많다. 강승숙 선생님의 『행복한 온작품 읽기』(행복한아침독서)에는 동화 『엄마 사용법』을 읽어 주다 멈추니, 궁금함을 참지 못한 아이들이 책을 사서 읽은 이야기가 나온다. 우리 학교에도 비슷한 경우가 있었다. 수업 시간에 위안부 할머니들의 미술 수업 이야기를 담은 『못다 핀 꽃』(이경신, 휴머니스트)을 읽은 한 여학생이 다음 수업 시간까지 기다리지 못하고 사서 읽은 것이다.

교사가 읽어 주든, 아이 스스로 찾아 읽든 강력한 끌림에는 책값이 아깝지 않다. 아이들이 읽고 싶은 책을 만난다는 것은 얼마나 큰 행운인가? 중요한 것은 다니엘 페나크의 말처럼 책에 대한 엄숙주의나 권위주의, 당위성과 의무감을 벗어 버리기. '책이란 우리의 아들딸이나 청소년들이 설명하라고 씌어진 것이 아니라 마음에 들면 읽으라고 씌어진 것'이니까. 마음에 들면 읽고, 마음에 들지 않으면 읽지 않아도 된다.

『소설처럼』은 내게 독서 교육의 나침반 같은 책이다. 이미 널리 알려진 열 가지 '독자 권리 장전'은 나의 책 읽기에 대한 완벽주의와 조급함을 내려놓게 한다.

1. 책을 읽지 않을 권리
2. 건너뛰며 읽을 권리
3. 책을 끝까지 읽지 않을 권리
4. 책을 다시 읽을 권리
5. 아무 책이나 읽을 권리
6. 보바리즘을 누릴 권리(등장인물에 감정이입을 하며 자유롭게 상상할 권리)
7. 아무 데서나 읽을 권리
8. 군데군데 골라 읽을 권리
9. 소리 내서 읽을 권리
10. 읽고 나서 아무 말도 하지 않을 권리

이 독자 권리 장전은 모세의 십계명처럼 떠받들어야 할 계명이 아니다. '독서'가 짊어진 진지함의 무게를 덜어 내고 굽은 어깨를 펴자는 제안이다.

책으로 무언가를 얻어 내려 욕심내지 말고 그냥 읽게 하자. 자신의 방식대로 읽기를 즐기는 아이들을 귀찮게 하지 말자. 책이 재미있다면 또 찾게 된다. 책 속 인물, 사건의 그다음이 궁금해서 책장을 넘기다 보니 어느새 끝이라니. 연인과 헤어지듯 안타까운 마음, 함께하며 설렜던 행복한 마음, 갈피를 못 잡는 마음이 또 다른 책을 향해 나아가게 한다. 순순히 받아 든 책의 씨앗이 독서의 싹을 틔우고 잎을 키운다.

순한 맛 청소년 소설을 권합니다

독서동아리 아이들과 서점 나들이를 가는 날, 점심을 먹고 학급 종례를 하고, 서둘러 출장 계획을 올리고, 흐트러진 책상을 뒤로한 채 전철역을 향해 종종걸음을 친다. 팀별 책모임은 남았지만, 공식적으로 학교에서 하는 동아리 활동은 오늘이 마지막이다. 1학년 독서동아리 열다섯 명이 다 같이 서점에 가서 책 구경을 하다가 읽고 싶은 책을 골라 한 시간 후 계산대 앞에서 만나기. 내 돈으로 사 주는 것도 아니면서 생색은 내가 내는 즐거운 시간.

전철에 앉아 어깨를 나란히 하고 휴대폰을 보는 아이들, 과연 아이들은 어떤 책을 고를까 두근두근, 보물찾기 아니 진실게임이라도 하는 양 설렌다. 내가 추천하고 싶은 책을 톡방에 미리 올려 줄까? 아니야, 지난주 작가 행사도 잘 끝내서 선물로 주는 건데 책 선택에 자유를 줘야지. 전철을 내려 백화점 지하 쇼핑몰을 거쳐서 건물 밖으로 나와 낙엽을 조금 밟고, 드디어 목적지인 대형 서점에 도착, 입구에 들어서자 문구류 매장이 보이고 아이들 표정도 환해진다.

"자, 이제 흩어져서 책 골라서 한 시간 후에 만나자!"

"샘, 만화는 안 돼요?"

"아, 『까대기』 같은 만화는 괜찮은데 웹툰은 좀……."

"그럼 판타지나 웹소설도 안 되는 거죠?"

"소설도 많은데 굳이……."

"네, 그건 제 돈으로 살게요."

서점에 오자마자 아이들에게 선택권을 주겠다던 결심은 깨졌다. 웹툰이나 웹소설을 서점에서 판다는 생각조차 안 한 것. 아이들은 그런 나를 너그럽게 봐준다.

입구에서 가까운 문학 신간, 소설과 에세이 매대에도 가 보고 싶지만, 아이들이 보고 있으니 곧장 청소년 도서로 향한다. 통로에서 좀 더 안쪽이다. 나는 소리를 높인다.

"얘들아, 청소년 도서 있는 데도 와 봐!"

삼삼오오 돌아다니며 책 구경을 하는 아이들, 금요일 이른 오후 서점은 한가롭다. 여름방학에 2학기 수업 목록 준비한다고 자주 왔는데, 계절이 바뀌고 처음 온다. 북적이던 공간에 사람이 없으니 훨씬 넓어 보인다. 방학과 학기 중, 주말과 주중이 이렇게 다르구나. 두리번거리다가 아이들은 무슨 책을 고르나 가 보니, 민석이가 두 권을 들고 고민하다 내게 묻는다.

"샘, 어떤 게 더 나아요?"

『지리의 힘』과 『처음 읽는 돈의 세계사』, 둘 다 어려워 보이는데 이걸 읽겠다고? 평소 역사에 관심이 많다더니 대단한걸. 1학기 책모임에서 『식탁 위의 세계사』를 읽고 나서 시시하다던 말이 잘난 척이 아니었다. 당혹스러운 표정을 감추며 의연하게 말한다.

"음…… 차례부터 볼까? (난 차례를 봐도 읽고 싶지 않다.) 그런데 내가 결정하는 것보다 네가 좀 읽어 보고 더 좋은 걸로 사는 게 낫지 않니?"

"에이, 그러지 말고 샘이 하나 정해 주세요."

"나는 지리에 관심이 없어서 굳이 선택하라면 돈!"

해결됐나 싶었는데 잠시 후 또 와서 묻는다. 이번엔 다른 조합, 『지리의 힘』 옆에 내미는 책이 바뀌었다. 파트너가 바뀌어도 『지리의 힘』은 그대로다. 그럼 뭘 고민해? 『지리의 힘』이지.

다음 손님은 지혁이다. 에스컬레이터보다는 계단으로, 무빙워

크에서도 요리조리 다람쥐처럼 따라왔던 지혁이는 슬리퍼를 끌고 (가방은 집에 두고) 가뿐히도 왔다. 추리물을 추천해 달라는데 이럴 수가, 바로 떠오르는 작품이 없다. 청소년 소설 중에 추리소설이 뭐가 있었지? 평소 내가 추리소설에 관심이 없었음을 확인하며, 애써 생각해 낸 책은 『미스 손탁』과 『계회도 살인사건』. 제목은 떠올랐지만 읽지를 않았으니 적극 추천하긴 주저된다. 지혁이에게 역사 좋아하냐고 물어보니 싫단다. 탈락! 밑천이 떨어진 나는 당황해서 휴대폰을 꺼내 검색을 하고, 아이는 민망했는지 자리를 뜬다.

잠시 후 김영하의 『살인자의 기억법』과 애거사 크리스티의 『그리고 아무도 없었다』를 가져왔다.

"샘, 이 두 권 중에선 어때요?"

"아…… (『살인자의 기억법』을 중1이?) 이 책 한번에 잘 읽히기는 하는데, 다 읽고 나면 알쏭달쏭, 마지막에 사건의 진실이 뭔지, 뭘 말하는 건지 찾기가 어렵거든. 너한테 재미가 있을지는……. 애거사 크리스티는 워낙에 유명하니까, 나도 어릴 때 읽었는데 나쁘지 않았고."

남학생들이 '나쁘지 않다'라는 말을 쓸 때마다 어정쩡하다고 타박했는데, 오늘은 내가 이 말을 쓰다니. 아, 스릴러여! 쉽고 재밌고 청소년들 정신 건강에 무해한, 좋은 스릴러 어디 없나요?

결국 지혁이는 애거사 크리스티로 결정했다. 민석이와 지혁이가 내 의견을 물어봐 준 건 고마운데 개운하진 않다. (지리와 스릴러, 왜 하필 내가 취약한 분야를 치고 들어왔는지. 얘들아, 책임은 분명히 하자. 너희가 고른 거야.)

청소년 코너로 돌아와서 소설만큼은 제대로 권하리라 각오를 다진다. 서너 명이 와서 기웃기웃, 아이들이 올 때마다 『아몬드』 『페인트』 『소리를 삼킨 소년』 『죽이고 싶은 아이』 『알로하, 나의 엄마들』 등을 권하는데, 1순위로는 『유원』을 밀었다.

"이게 무슨 내용인데요?"

"응, '이불아기'라고 어릴 때 화재가 났는데, 언니가 아기를 창밖으로 던지고 밑에서 어떤 아저씨가 받아 내서 살렸거든. 아이는 살고, 언니는 죽고, 아저씨는 다리에 장애를 입었는데 그 아저씨가 자꾸 집에 찾아와서…… 아무 때나 밥 달라 하고…… 주인공은 아저씨를 볼 때마다 마음이 무겁고, 그렇게 외롭게 살아가던 여고생이 친구를 만나 상처를 회복하는 얘긴데……."

내 이야기를 듣는 아이의 표정이 심드렁하다. 아, 뭔가 줄거리만으론 이 소설의 감동이 전해지지가 않는다. 어떻게 말하지? 진땀이 난다.

결국 『유원』은 한 권도 못 팔았다. 로맨스를 찾는 여학생에게

『사랑에 빠질 때 나누는 말들』을 추천하려 했는데, 매대에 안 보여서 점원에게 물어볼까, 검색대로 가 볼까 두리번거리는 사이 아이는 다른 코너로 가 버렸다. 차라리 『죽이고 싶은 아이』에 관심을 보일 때 사라고 할걸. '마지막이 조금 걸리긴 한데, 진짜 잘 읽혀', 이렇게 말했으니 누가 사겠나? 나라도 안 사지.

한 시간이 금방 흘렀다. 내 추천으로 책을 산 아이는 세 명. 남학생 둘이 청소년 소설 『구미호 식당』과 『소리를 삼킨 소년』을, 다른 한 명은 『우리는 마약을 모른다』를 샀다. 계산대 앞에 모여 열다섯 명이 골라 온 책을 쌓아 놓으니, 아이들 취향이 선명히 보인다. 영어 원서(『찰리와 초콜릿 공장』)를 고른 한 명과 내게 조언을 구한 다섯 명을 빼면 절반 이상이 일본 작가의 스릴러다. 사이코패스 아니면 연쇄 살인, 친족 살인 범인을 쫓는 내용이다. 장르물의 힘이 엄청나군. 내가 책을 좋아한다지만 나도 내가 좋아하는 책만 읽었구나. 아이들은 대체 이 책들을 어떻게 알았을까? 읽고 나면 무슨 생각이 들까? 작년에도 『봉제인형 살인사건』을 샀다가 끝까지 못 읽은 여학생이 있어서 말릴 걸 후회했는데, 이번 책은 다 괜찮은 걸까?

아이들과 햇살과 단풍이 한창인 거리를 걷는다. 길 건너엔 공원도 있고, 바로 옆엔 영화관도 있고, 전철역과 이어진 백화점 지하엔 쇼핑몰도 있는데 더 놀다 가겠다는 아이가 없다. 3학년과 나오면 아이들은 더 놀다 가겠다고 해서 말리는 입장인데, 1학년은 순진하다 했더니만 알고 보니 대부분 학원을 가야 한단다. 중1은 자유학년제라 시험을 안 보는데도 학원 스케줄은 금요일에도 예외가 없다. 나는 퇴근인데 아이들은 2라운드 시작, 학교에선 서점 가고, 학원 가선 문제 풀고. 이럴 줄 알았으면 학교 근처 서점으로 갈걸.

다미는 엄청 무거운 가방을 메고 두 시간 넘게 걸어 다녔다. 가방 안에는 오늘 산 책 말고도 학교 도서관에서 빌려 온 책이 다섯 권이나 들어 있다. 진작 알았으면 출발 전 전철역 짐 보관소에 맡겨 줄걸.

"세상에, 도서관에서 빌린 책은 학교에 두고 월요일에 가져가지, 이걸 왜 다 가져왔어?"

"학원 숙제 안 하려고요."

"응? 책 읽으면 숙제를 빼 주는 학원도 있어?"

"그게 아니고, 주말에 학원 숙제 해야 하는데, 미루고 미루다가 맨 마지막에 하거든요. 폰 보면 눈치 보여도, 책 보는 건 엄마도 뭐라고 안 하시니까요."

아하, 평소 공부도 잘하고 책도 잘 읽는 다미가 신기했는데,

궁금증이 풀렸다. 오늘 스릴러를 산 것도 이해가 된다. 아이들은 숙제를 미루든, 끝낸 후든 산적한 일 사이사이에 책을 읽는다. 직장인에게 커피 한잔, 술 한잔이 활력과 휴식을 주듯, 아이들의 팍팍한 생활은 책을 기호식품으로 만들었다. 매운맛 장르물에 길들여진 아이들에게 순한 맛 청소년 소설은 싱거울 텐데, 이제껏 학교에서 내가 권한 책을 군말 없이 읽어 준 게 고맙기만 하다.

자극적인 볼거리, 읽을거리가 넘쳐나는 세상에서 청소년 소설은 고군분투한다. 학원 숙제와 공부에 쫓기는 아이들, 경쟁으로 내몰고 줄 세우는 시스템이 바뀌지 않는 한 매운맛, 강한 맛을 찾는 아이들을 탓할 순 없다. 내가 스릴러를 읽는 게 빠르겠다. 서점 나들이는 아이들의 책만이 아니라, 삶까지 엿보게 한다.

'국어샘'에서 '독서샘'으로

우리 학교에서 독서 수업을 한 지 6년이 되었다. 다른 학교도 독서 수업을 하지만 대부분은 국어시간에 교과서 진도를 나가는 수업과 병행한다. 국어가 일주일에 4차시라면 교과서는 3차시, 1차시는 책 읽기로, 교사 한 사람이 운영한다. 우리 학교처럼 국어과 선생님들은 교육과정상의 진도를 나가고, 전교생의 독서만 전담하는 교사를 따로 두는 경우는 별로 없을 것이다.

나도 처음 우리 학교에 왔을 때는 1학년 20시간 수업을 하면서, 5개 반의 4차시 수업 중 1차시씩을 떼어서 독서 수업을 했다. 그런데 2016년 2월, 네 명의 국어과 선생님들이 모여서 수업 시간표를 짜는데, 아무리 머리를 굴려도 시간표가 깔끔하게 나오지 않았다. 한 사람이 두 개 학년을 걸치게 되면서, 전처럼 독서(1

차시) 수업은 교사들끼리 수업 시수를 공평하게 맞추는 용도가 될 처지였다. 그러다 보면 독서 수업은 2, 3명의 교사가 나눠서 들어가게 된다. 수업도 하지 않는 반에 들어가서 책을 읽으라고 하면 아이들이 말을 잘 들을까? 다른 수업과 마찬가지로 책 읽기 수업에도 라포 형성이 중요하다. 책을 권하는 선생님에 대한 신뢰가 필요하다.

전교생이 15개 학급인 비교적 작은 학교에서, 국어과 선생님들이 머리를 맞대고 고민했다. 어떻게 해야 수업 준비에 대한 부담을 줄이면서 누군가 한 사람이 불편을 감수하지 않아도 되는 (즉 수업 시수를 합당하게 나눌 수 있는) 시간표를 짤 수 있을까? 그러던 중 부장을 맡고 계시면서 가장 연배가 높은 선생님께서 한 사람이 한 학년씩 맡고, 독서는 나에게 전담하라는 파격 제안을 하신 것. 이렇게 해서 나는 독서 전담 교사가 되었다. 작년부터는 국어 B가 아닌 '독서'로 시간표에도 넣었고, '국어샘'에서 '독서샘'으로 내 호칭도 바뀌었다. 국어과의 아름다운 팀워크의 소산인 독서 수업은 우리 학교의 자랑이기도 하다.

독서 수업을 전담하면서 내가 결심한 것은 딱 하나, '아이들에게 책 읽을 시간을 주자!'였다. 절대 집에서 책 읽어 오는 숙제를 내주지 않기, 책 읽을 시간이 부족한 아이들에게 일주일에 한 시간이나마 책 읽기의 즐거움에 빠지게 하기, 이를 위해 독후활동은 최소화하고 그저 '읽기만 하기'였다.

아이들은 처음엔 좀 의아해했다. 하지만 곧 적응했다. 독서 시간에 나는 최대한 말을 아낀다. 내가 하는 일은 아이들이 재미있어할 만한 책을 추천하는 것. 1학기는 내가 1차로 고른 6권의 청소년 소설 중에서 읽게 하고, 2학기는 자기 진로(관심사)와 관련 있는 책으로, 10~20권 정도의 목록을 주고 고르게 하는데, 목록은 언제나 유연하다. 청소년 소설을 읽다가도 도저히 못 따라오는 아이가 있으면 다른 책을 읽게 한다. 하지만 이런 아이는 한 반에 한두 명 정도? 아이들은 청소년 소설을 좋아한다. 모두가 잘 읽을 수 있도록, 쉽고 재미있는 책을 권한다.

1학기만 잘 넘기면 2학기는 더 수월하다. 2학기는 만화부터 수준 높은 책까지, 다양한 직업군의 저자가 쓴 에세이나 전문가가 쓴 비문학 책 중에서 개별적으로 골라 읽는다. 내가 준비한 홀랜드 직업 유형별 목록에서 선택하는 걸 원칙으로 하되, 자기가 원하는 책이 있으면 가져와서 읽어도 된다. 이때에도 아무 책이나 읽게 하는 게 아니라 어떤 책을 읽고 싶은지 일일이 묻고 점검한다.

우리 학교 아이들은 대부분 독서 시간을 통해 한 학기 한 권(혹은 두 권 이상) 읽기를 무난히 끝낸다. 성공의 비결은 책 읽을 시간을 주는 것, 그리고 책(목록)의 힘이다.

목록의 힘은 평소에 교사가 아이들 책을 얼마나 많이 알고 있느냐를 말한다. 국어(사서)교사는 내가 만나는 아이들의 눈높이에 맞는, 쉽고 재밌는 책을 상황에 맞게 바로바로 줄 수 있어야 한다. 나는 독서야말로 수준별 개별화 수업이 가능하다고 본다. 내가 준비한 목록에 없는 책도 괜찮으니, 아이가 꼭 읽고 싶은 책이라면 나에게 미리 알려 달라고 한다. 아이의 관심사와 읽기 수준에 따라 피드백은 다르다. 조금 어렵겠다 싶어도 좋은 책은 끝까지 읽어 내도록 격려와 칭찬을 아끼지 않는다. 간혹 아니다 싶은 책을 나랑 의논도 없이 사 왔다가 결국 내가 추천하는 책으로 바꿔서 읽는 경우도 있다. 읽기 수준과 흥미가 낮을수록 교사의 적극적 개입이 필요하다.

분위기도 중요하다. 아이들이 책에 집중할 수 있게 만드는 분위기, 시간과 공간의 힘이다. 우리 학교 아이들은 도서실에서 독서 수업을 하는데, 종이 치면 도서실로 모인다. 지난 시간 제출했던 기록장과 읽던 책을 가져가서 읽기 시작한다. 도서실에 와서 책과 기록장을 가져가고, 자리에 앉고, 끝나는 종이 울리기 전 기록장을 쓰는(10분 이내) 시간을 빼면, 실은 30분 정도밖에 책을 읽지 못한다. 나는 단행본 한 권에 3~4시간, 분량이 두꺼운 책도 5시간 이상은 줄 수 없기에 아이들은 책 읽을 시간이 빠듯하다.

재밌는 책을 다 읽고 싶은데, 수행평가를 위해서도 끝까지 읽어야 하는데, 종이 울리면 책을 뺏기니(?) 마음이 급하다. 게다가 옆자리 아이들이 다 책을 읽는데 혼자만 딴짓을 할 수도 없다. 자연스럽게 책에 집중하는 분위기가 만들어진다.

아, 이 글을 쓰다 보니 아이들과의 독서 시간이 그립다. 온라인 개학 한 달이 지났다. 아이들은 워킹스루로 교문 앞에 와서 책을 받았고 3주 동안 부지런히 읽었다. 3학년은 한 반의 4분의 3이, 1, 2학년은 절반이 책을 다 읽었다. 집에서 책을 읽게 하니 너무 빨리 읽어서 (수업 시간엔 할 일이 없어) 걱정이다. 3학년은 책을 다 읽고 총평을 쓰고, 모둠 대화 질문 만들기도 했다. 이번 주엔 책과 관련된 세상일(신문 기사, 책, 영화, 드라마, 웹툰, 혹은 자기 경험)을 찾아보려 한다. 다음 주면 드디어 아이들이 학교에 나오니, 모둠별로 발표 준비도 하고 최종 삼정청소년문학상 수상작을 고르기 위한 일정에 들어간다. 방역 문제로 도서관은 못 가지만, 교실에서 각자의 자리에 앉아 책을 읽을 아이들 모습을 떠올리니 벌써부터 설렌다.

청소년이 직접 작가를 뽑는다고?

_삼정청소년문학상 프로젝트

아이들에게 '책 읽을 시간'을 주려고 시작한 독서 시간이지만, 그렇다고 해서 아무 책이나 읽게 할 수는 없다. 담임 반 아이들과 아침 독서를 할 때도 각자 알아서 책을 가져오게 하면 실패할 확률이 높다. 모두가 읽게 하려면 재밌는 책, 쉽게 읽히지만 좋은 책을 구비하는 게 중요하다. 아침 10분도 쉽지 않은데, 한 시간 동안 온전히 책을 읽어야 한다면 어떤 책을 읽게 할까? 더구나 한 학기 내내 책만 읽는 게 아니라 평가도 해야 한다. 지필고사는 아니지만 수행평가를 위해서는 독후활동이 필수다. 이런 고민 끝에 결정한 활동이 삼정청소년문학상 프로젝트, 진로도서를 읽고 친구 인터뷰 글 쓰기, 서평 쓰기다.

1학기에는 전교생이 '삼정청소년문학상' 프로젝트를 한다. 아이들과 긴 호흡으로 책을 읽고 활동을 할 때 이만한 효자 상품(?)이 없다. 책 읽기 싫어하는 아이들에게 독서의 필요성을 설명하는 것은 비효율적이다. 나를 키운 8할은 책이라고, 유명인이 자신의 독서 이력을 강조한들 그때뿐이다. 초등학교 때부터 책을 읽으라는 말을 들어온 아이들이기에 이미 독서에 대한 의무감 내지 부담을 갖고 있다. 책을 읽을 계기가 필요할 뿐이다.

"얘들아, 이번 학기에 우리 학교 학생들이 가장 좋아하는 작품을 뽑아서 그 작가님께 상을 주려고 해. 바로 삼정청소년문학상이지. 청소년문학상을 주는 곳은 많지만 대부분 어른들이 심사를 하거든. 청소년문학상인데, 왜 어른들이 좋아하는 작품에 상을 주는지 이상하지 않니? 샘은 너희가 심사를 해 주었으면 좋겠어. 청소년이 읽고 뽑는 게 진짜 청소년문학상이잖아. 다음 시간에 샘이 후보 도서를 소개해 줄 테니까 읽고 어떤 책이 좋은지 뽑아 줘. 책을 안 읽으면 투표를 할 수 없으니까 잘 읽어 줄 수 있지?"

아이들이 미처 묻고 따질 새도 없이 역할 부여, 아이들에게 읽기 환경을 만들어 준다. 갑작스레 문학상의 심사위원으로 소환, 아니 위촉된 아이들은 왜 하필 내가 해야 하느냐고 따지지 않는다. 어색한 긴장이 감도는 3월 첫 시간이야말로 1년 중 교사의 말이 가장 잘 먹히는 순간이니까. 나는 비장함을 더해 이 프로젝트는 우리 학교에서 국내 최초로 시작했다고, 올해는 너희가 그 전통을 이어 갈 차례라고 말한다. 조용한 교실에서 누군가 묻는다.

"진짜 와요?"

"그럼! 그동안 1등 작가님이 못 오신 적은 한 번도 없었어!"

당연한 듯 말하지만 나도 신기하다. 해마다 우리가 뽑은 작가님이 무조건 온다고 큰소리는 쳤지만 (누가 될지도 모를) 작가님 사정을 내가 어찌 알랴. 속으로는 1등 작가님이 못 오시면, 2등 작가님을 모시면 되지 싶었는데, 그동안 1등 작가님이 못 오신 적이 없다. 아이들이 책만 잘 읽으면 그다음 일이야 하늘이 도우리라는 믿음이 통했나 보다.

"너희들 이런 행사 해 봤어? 너희가 심사위원이야. 책을 읽고 나서 토론도 하고 투표도 할 거야. 행사 준비도 너희가 해. 선생님은 무대 위에 한 번도 올라가지 않아."

호기심으로 눈을 빛내는 아이들에게, 문학상 심사위원이자 수상식 진행위원으로서의 자부심을 빵빵하게 채워 준다.

청소년문학상 프로젝트는 2012년부터 시작했다. 첫해엔 외부 단체의 제안으로 시작해서 1학년만 했지만, 독서 전담 수업을 하면서부터 전교생이 참여한다. 3개 학년이 함께하니 '삼정청소년문학상'이라는 이름에도 걸맞는다.

아이들은 소설을 좋아한다. 평소 책을 잘 안 읽어도 '이야기'

를 싫어하는 아이는 없다. 청소년 소설은 또래의 십 대 청소년 등장인물이 나오니 공감하기 좋다. 주로 가정과 학교를 배경으로 삼지만 단순히 가족, 친구 관계만이 아니라 성과 사랑, 노동, 인권, 폭력, 역사, 환경, 반려동물, 질병, 죽음의 문제까지, 나아가 로봇이나 증강현실 같은 미래 사회 문제까지 폭넓게 다룬다.

8년째 이 프로젝트를 하다 보니 자연스럽게 국내 작가의 청소년 소설(장편)에 관심이 많이 간다. 1, 2월에 집중적으로 신간 위주로 찾아 읽고, 후보 도서를 결정한다. 수업의 성패는 이때 결정되기에 부지런히 책 사냥에 나선다.

후보 도서의 선정 기준 첫 번째는 재미다. 중학교 1학년부터 3학년까지 함께 읽기 어렵지 않은 책, 재미있게 잘 읽히는 책으로 고른다. 전체 6권을 고르는데, 책 읽기 힘들어하는 아이들을 위해 쉬운 책(초등 고학년용 동화)을 한 권 넣고, 나머지는 중2 정도면 무난한 책으로 구성한다. 화자가 바뀌거나 구성이 과거와 현재를 오가면 어려워하는 아이들도 있지만, 이야기를 끌고 가는 힘이 확실한 책은 끝까지 읽게 된다.

재미에 이어 두 번째 기준은 분명한 주제의식, 청소년 시기 가치관 형성에 도움이 되는 책을 고른다. 사회적 약자나 소수자에 대한 차별에 반대하는 것, 오해나 갈등이 생겼을 때 상대의 입장에서 헤아려 보는 것, 겉으로 보이는 화려함보다는 내면의 아름다움을 추구하는 것, 목표를 향해 나아갈지라도 결과에만 급급하지 않고 과정에 당당한 것 등 이런 가치들은 너무도 당연하지만, 세상은 이 당연함을 외면할 때가 많다. 현실의 비정상과 어긋남은 아이들도 알고 있다. 작품 속 인물이 고군분투하며 길을 찾아가는 모습은 비록 세상의 셈법엔 맞지 않아도, 세상과 맞서 나다움을 찾는 용기를 준다.

후보 도서가 10권 이내로 추려지면 끝으로 주제가 겹치지 않은지 살펴본다. 올해 2차 결선에 올라온 세 작품은 주제가 분명했다. 『오, 사랑』은 동성애, 『조선가인살롱』은 외모 지상주의, 『소녀A, 중도 하차합니다』는 학교 폭력. 마침 연예인의 학폭 논란이 언론에도 여러 차례 보도되었기에 『소녀A, 중도 하차합니다』의 반응이 뜨거웠다. 최종 심사를 위한 토론을 할 때도 결말 부분, 소녀A 김아름(가해자)과 구유진(피해자)의 화해가 쟁점이 되었다. 나는 책을 찬찬히 다시 읽으며 사건의 개연성과 타당성을 따져 보자고 했는데 아이들의 도덕적 기준은 엄격했다.

가해자 소녀A 역시 피해자였음이 밝혀져도, 가해 행동이 정당화될 수 없다는 아이들의 주장은 맞는 말이다. 한 번 입은 상처는 사라지지 않기에 작가는 진심 어린 소통과 화해의 필요성을 강조한다. 두 인물의 매개자인 나나 언니 역시 지독한 폭력의 피해자,

등장인물은 저마다의 상처로 도미노처럼 쓰러졌지만, 다시 일어나 서로를 일으켜 세운다. 책을 읽고 토론을 하는 동안 아이들의 가슴에도 원망과 분노보다는 연민과 연대의 기운이 더 오래 남았으리라.

해마다 청소년문학상 프로젝트가 시작되면 아이들이 책에 흠뻑 빠져 읽는 모습을 볼 때가 가장 흐뭇하다. 책을 읽고 나서 토론을 하거나 발표를 하는 과정도 흥미롭지만, 책 자체에 몰입해 읽을 때만큼 아름답게 여겨지진 않는다. 발표나 토론은 말을 더 하고 덜 하는 아이, 혹은 한마디도 못하는 아이도 있지만, 읽기는 한 아이도 빠짐없이 자기 속도로 읽어 간다. 아이들의 읽기 능력에도 차이가 있겠지만, 아이들이 (내가 정한) 후보 도서를 열심히 읽는 모습을 볼 때면 내가 만든 음식을 맛있게 먹는 가족을 볼 때보다 더 기쁘다.

3년 전 한 남학생은 수업이 끝나고 도서실을 나가면서 고민스레 말했다.

"아, 샘, 이번엔 어떤 책에 투표해야 할지 너무 어려워요. 진짜 다 재밌어요."

남학생의 말에 그동안의 책 사냥에 대한 수고가 단번에 녹아내렸다.

『누나가 사랑했든 내가 사랑했든』『아몬드』『옆집 아이 보고서』가 본선에 진출했던 그해는 그 어느 해보다 열띤 토론 끝에 『옆집 아이 보고서』가 뽑혔다. 『옆집 아이 보고서』는 3년 동안 책 한 권 읽지 않았던 남학생도 꼼짝 않고 집중해서 읽었다. 집에 가서 읽어 온다고, 방과 후에 책을 빌려 달라는 아이도 여럿이었다. 책에서 어떤 부분이 논란이 되었든, 작가의 의도가 무엇이었든, 책을 싫어했던 아이가 처음으로 끝까지 읽어 낸 책은 작가에게 감사패라도 드리고 싶다.

우리 학교 청소년문학상 프로젝트는 청소년 소설에 재미를 붙여 가는 아이들 덕분에 올해도 계속된다.

어쩜 선생인 나보다 낫구나

_친구 인터뷰 글 쓰기

1학기에 삼정청소년문학상 선정을 위해 청소년 소설을 읽었다면 2학기에는 진로 관련 책을 읽는다. 진로도서를 읽고 2학년은 친구 인터뷰 글 쓰기, 3학년은 서평 쓰기를 한다. 2학기 첫 시간, 나는 방학 내내 준비한 진로도서 목록을 소개하고 싶어 마음이 급하다. 아이들이 자신에게 맞는 책을 골라 재밌게 읽으려면, 책 선택이 매우 중요하다. 수행평가를 궁금해하는 아이들을 위해 활동은 간단히만 안내한다.

"이번 학기는 진로 관련 책을 읽고 짝이랑 인터뷰를 하고 글을 쓸 거야. 짝을 어떻게 정할지, 무슨 말을 하고 어떤 글을 쓸지는 책을 읽고 나서 말할게. 책을 제대로 안 읽으면 친구한테 해 줄 말이 없으니까, 친구가 글을 쓸 때 곤란하겠지? 다른 사람 수행평가에

민폐 끼치지 않도록 1학기 때보다 더 열심히 읽어 줘야 해!"

'친구 인터뷰 글 쓰기'는 5년 전 전국국어교사모임 독서교육분과 물꼬방 한창호 선생님의 수업 자료를 참고해서 하기 시작했다. 내가 진로도서 목록을 소개하면 아이들은 그 목록에서 자신이 읽고 싶은 책을 골라 읽은 후 생각 정리 활동지를 작성한다. 그런 다음 짝을 정하고, 짝에게 물어볼 인터뷰 질문을 만든다. 이 활동을 친구와의 책 대화가 아닌 '인터뷰'라고 부르는 것은 친구와 질의응답을 주고받는 과정에 공식성을 부여하기 위함이다. 아이들은 친구의 활동지를 읽으면서 자못 진지한 표정으로 무슨 질문을 만들까 고민한다.

"샘, 아무 질문이나 해도 돼요?"

"그럼. 친구가 읽은 책에 대한 질문이랑 친구의 꿈, 가치관, 중학교 들어와서 힘들었던 일 등 뭐든 좋으니까 최소 7개 이상 만들어 봐. 전 여친이랑 왜 헤어졌나, 이런 것만 묻지 말고 좋은 질문으로."

드디어 인터뷰가 시작되면 조용하던 교실은 시골 장터처럼 활기를 띤다. 신바람 나서 떠드는 아이들을 보면서 역시 수업은 교사가 아닌 아이들이 말하는 시간이 되어야 함을 깨닫는다. 특히 작년 말 코로나 시기에는 만남이 그리운 아이들에게 단비 같은 짝꿍 인터뷰였다. 마스크 위로 웃는 눈만 봐도 정겨운 아이들, 부족한 대화는 카톡 채팅으로 하고, 개요 짜기와 글쓰기 연습은 구글 문서에서 하면서 마침내 모두가 한 편의 글, 「우리들의 책과 꿈 이야기」를 완성해 냈다.

글에는 아이들 한 명 한 명의 표정이 살아 있다. 그동안 가려졌던 선입견의 비늘이 아이들의 글을 읽을 때마다 떨어져 나간다. 친구의 눈으로 만나는 아이는 내가 1학년 때부터 봐 왔던 그 아이가 아니다. 둘만의 추억, 멀어진 꿈과 불안한 미래, 조심스레 품는 희망과 기대. 아이들이 꺼내 놓은 마음속 이야기는 혼자 보기 아깝다. 특히 까칠한 성격, 투덜이 스머프 지훈이랑 짝꿍을 했던 여린이가 쓴 글은 정신이 번쩍 들게 했다.

> 좋고 싫음을 단호하게 표현하는 지훈이는 현실적인 성격을 지니고 있다. 많은 것을 비판적으로 보기 때문에 한 가지를 여러 방면에서 바라볼 수 있는 사고력도 높은 것 같다. 지훈이와 이야기를 할 때면 맞는 말만 하는 것 같아서 순간적으로 당황한 적이 한두 번이 아니다. 그만큼 통찰력이 뛰어나다는 뜻이다. 게다가 노는 것도 좋아한다. 지훈이는 초등학교 교사가 잘 어울린다.

어쩜, 내가 보는 지훈이와 여린이가 보는 지훈이가 이렇게 다르다니. 지훈이는 자기가 손해 볼 일은 절대 안 한다. 말발도 세서 아이들 앞에서만이 아니라, 교사들 앞에서도 할 말은 거침없이 한다. 간혹 마음이 상할 때면 내가 소심한 건지, 아이에게 정색을 하고 말을 했어야 하는 건지, 뒤돌아서 착잡할 때가 있었다.

그런데 여린이의 글을 보면 지훈이는 호불호가 분명할 뿐, 악의가 없다. 비판력과 통찰력이 뛰어나고 아이들과도 잘 놀 테니 초등학교 교사가 제격이다. 더구나 지훈이 본인이 쓴 글에도 '선생님이 된 나를 상상해 본다면 성격 좋고 잘 가르쳐서 학생들에게 인기 만점일 것 같다'는 자신감을 피력했으니, 더 이상 뭘 바라랴. 지훈이는 공부도 잘하고 놀기도 좋아하니 누구보다도 아이들의 마음을 잘 이해하는 교사가 될 것 같다. 운동을 좋아하니 체육 수업도 잘하고, 혹시나 부당한 일이 생기면 당당히 할 말 하는 참교사가 될 것이다.

지훈이의 훌륭한 점을 알아봐 주는 여린이가 선생인 나보다 낫다. 평소 아이들의 장점을 찾아 칭찬해야지 하면서도 말 걸기 편한 아이들, 내 말에 잘 따르는 아이들에게 먼저 다가갔던 안일함을 돌아본다.

여린이만이 아니라 대부분의 아이들이 친구에 대한 평가가 너그럽고 따뜻하다. 누구 하나 모나거나 밉상인 아이가 없다. 내가 몰랐던 아이들의 장점과 매력이 속속 발견된다. 2학년을 마무리하는 시점에서 1년 전 아이들의 모습을 떠올려 보니, 한 해 동안 쑥 컸구나, 내 수업만이 아니라 다른 과목도 온라인 수업이라 버거운 한 해였는데 정말 모두가 애썼구나 싶다. 점수는 점점 더 후해진다. 아이들이 책만 읽은 게 아니라 친구의 마음도, 친구의 장점도 읽어 주었으니 이보다 더 값진 일이 있을까.

그러다가 점수를 올려야 할지 깎아야 할지 고민스러운 글을 발견했다. 매사에 성실하고 예의 바른 민주는 효린이의 꿈이 교사인 것은 알았지만 이번 활동을 안 했다면 평생 몰랐을 거라면서 이렇게 썼다.

> 이 인터뷰를 통해 효린이가 초등학교, 중학교, 고등학교 중 어느 학교 선생님을 더 하고 싶은지 구체적으로 알 수 있었다. 효린이는 고등학교에 비해 공부에 투자하는 시간이 적고 활동을 많이 할 수 있는 중학교 선생님이 되고 싶다고 했다. 그리고 선생님도 여러 성향의 선생님들이 있는데 효린이가 되고 싶은 선생님은 친근한 선생님이라고 했다. 우리 학교에서 되고 싶은, 닮고 싶은 선생님은 이민수 선생님이라고 했다. 학생들에게 친근하게 대해 주시고, 질문을 하면 친절하게 답해 주시고, 책도 많이 추천해 주시는 이민수 선생님처럼 되고 싶다고 했다.

앗, 다른 아이도 아니고 수업 태도가 그림처럼 예쁜 효린이가 이런 말을 했다니, 이런 영광이 어디 있을까? 갑작스레 영화제 여우주연상에라도 호명된 듯, 떨리고 설레는 마음을 진정하기 어렵다. 냉정을 되찾으려 노력하며 다섯 반의 채점을 마쳤다.

활동 후기로는 평소 이야기해 본 적이 없는 친구의 진로 관련 고민이나 꿈을 알게 되어 좋았다는 아이들이 많다. 친구가 읽은 책을 읽어 보고 싶다는 말도 반갑다. 책을 읽으면서 자신의 미래를 진지하게 생각해 볼 수 있었다는 말은 들어도 들어도 질리지 않는다. 꿈이 없어 불안했지만, 앞으로 다양한 일을 시도해 보면 분명 좋아하는 일을 찾을 수 있을 거라는 희망찬 마무리에 밑줄을 긋고 응원의 말을 써 준다.

해마다 기억에 남는 글, 환상의 짝꿍이 있지만 올해는 지훈이를 다시 보게 해 준 여린이, 효린이의 속마음을 전해 준 민주 덕분에 행복으로 가득하다. 진로도서를 읽기만 하고 짝꿍 인터뷰 글 쓰기를 안 했더라면 어쩔 뻔했나.

이듬해 봄, 나는 3학년 담임을 자원했고 지훈이와 효린이는 운명처럼 우리 반이 되었다.

"샘, 책이 어떻게 재밌어요?"

_서평 쓰기

"민철아, 이 책 한 번만 읽어 봐. 진짜 재밌어."

"샘, 책이 어떻게 재밌어요?"

"진짜 이 책은 읽을 만하다니까. 일단 읽어 보고 말하자."

"샘, 책은 다 재미가 없다니까요."

민철이는 내가 권하는 책을 거들떠보지도 않았다. 간절히 내미는 손이 민망했다.

민철이는 2학년 내내 결석이 잦아서 유예가 될까 봐 걱정을 했던 아이이다. 잊을 만하면 한 번씩 얼굴을 비췄고, 독서 시간에도 책을 읽지 않았다. 멀뚱히 앉아 있다가 보건실에 다녀오거나 상담실에 가겠다고 했다. 화장실을 가든 상담실을 가든 다른 친구들을 방해하지만 않아도 다행인 아이에게 어떤 책을 권하면 좋을지 고민이 됐다.

그러던 어느 날, 담임선생님에게서 민철이가 밤새 게임을 하느라 결석을 할 때가 많다는 말을 듣고 이거다 싶었다. 『프로게이머를 꿈꾸는 청소년들에게』는 게임을 좋아하는 남학생들이 잘 읽는 책이다. 야심 차게 이 책을 내밀었으나 돌아온 답은 더욱 썰렁했다.

"샘, 집에서 맨날 게임만 하는데, 학교에서도 이런 책을 보라구요?"

그랬던 민철이가 3학년에 올라와서 달라졌다. 1학기엔 한 달만 나오겠다고 공언을 하더니 2학기에도 학교를 나왔다. 그 반 분위기가 좋더니 친구들과 노는 게 재미있나 보다. 그래, 집보다 학교가 낫지. 1학기 청소년 소설을 읽을 땐 읽다 말다 하면서도 다 읽은 척 허세를 부렸다.

2학기 비문학 읽기, 드디어 책을 읽었다. 민철이가 고른 책은 『랩으로 인문학 하기』(박하재홍, 슬로비)다. 게임만 좋아하는 줄 알았는데 랩에 관심이 있을 줄이야. 후드티에 캡모자를 삐뚜름하니 쓰고 다니더니 이유가 있었다. 책을 읽는 녀석의 모습이 신기해서 수업 시간엔 자꾸만 눈길이 갔다. 민철이는 그냥 책을 읽는 시늉만 하는 게 아니었다. 책을 읽다 모르는 단어가 나오면 조용히 손을 들어 질문도 했다. 나는 그 책을 읽었어도 이런 단어가 있는 줄 몰랐는데, 얼른 검색을 해서 알려 주었다. 나보다 더 꼼꼼히 읽는 아이가 대견스러웠다.

민철이는 수업 시간에 집중해서 읽었지만, 정한 기간에 책을 다 읽지는 못했다. 서평은 둘째치고 책을 끝까지 읽게 하는 것이 목표! 남은 부분은 집에서 읽어 오면 좋겠다는 욕심이 났다. 10월 첫 주 금요일 학교 축제 날, 2부 공연이 끝나고 강당에서 아이들이 쏟아져 나오는데 마침 민철이가 보였다. 민철이는 친구랑 둘이 랩 공연으로 무대에 올랐다.

공연 잘 봤다고 말을 걸면서, 책을 빌려준다니 고개를 흔들며 도망을 갔다. 나도 질세라 쫓아가 통사정을 했다. 지금까지 읽은 게 어딘데 아깝지 않냐, 끝까지 다 읽으면 서평 쓰기도 할 수 있다고, 졸업 문집에도 글을 넣을 건데, 네 글만 빠지면 얼마나 섭섭하겠냐고. 쓰려면 일단은 다 읽자고, 다음 수업 전까지 읽을 수 있다고. 나의 구구절절한 애원과 설득에 못 이긴 민철이는 책을 받아 갔다.

다음 주 복도를 지나가는데, 민철이가 먼저 말을 걸었다.

"샘, 저 책 다 읽었어요!"

"우아, 진짜야? 너무 잘했어!"

3년 만의 쾌거, 꿈인지 생시인지. 이 순간의 기쁨을 무슨 말로 표현할 수 있을까.

며칠 후 수업 시간, 나는 민철이 곁으로 가서 슬며시 떠보았다. 평소 아이들 말을 순전히 믿는 교사지만 혹시나 하는 마음. 이럴 때야말로 고도의 전략이 요구된다. 아이의 자존심을 상하지 않게 하면서도 책을 제대로 읽었는지 확인해야 하는 것.

"책에서 어느 부분이 재밌었어? 중간에 노래 가사 나오는 것도 읽었어?"

"네, 읽었어요."

"어땠는데? 좋아하는 노래가 있었니?"

"아뇨, 다 옛날 노래밖에 없어서. 윤미래밖에 모르겠더라구요." (오호, 읽었구나!^^)

"맞아, 나도 윤미래 아버지가 흑인인 줄 몰랐는데, 이 책 보고 알았어. 노래 진짜 잘하던데."

"그쵸. 타이거JK랑 진짜 잘하죠."

훈훈하게 이어지는 대화, 민철이는 읽은 게 맞다. 나의 기습 테스트에 무난히 통과했다. 이제 마지막 단계, '서평'이라는 큰 산이 남았다. 책을 읽은 것도 처음이지만 그동안 (다른 아이들은 매시간 기록장을 정리할 때) 소감 한 줄 쓴 적이 없다. 서평을 쓰기 전 옆에서 글감도 알려 주고 개요표 작성도 도와주었지만, 민철이는 A4

앞뒤 한 장을 어찌 다 채우냐면서 말도 안 된다고 고개를 저었다.

"괜찮아. 그냥 쓸 수 있는 만큼만 쓰면 되는 거야."

드디어 서평을 쓰는 시간, 침묵 속에 사각사각, 오직 연필 소리만이 크게 들리고 모두가 부지런히 쓰는데, 민철이만 여유롭다. 친구들을 쳐다보거나 멀리 창밖을 보다가 나랑 눈이 마주치면 고개를 숙여 몇 자 끄적인다. 도와주고 싶은 마음에 가까이 가면 그나마 쓰던 것도 멈추니 다가가지도 못한다.

그렇게 지루하고 난처한 45분이 흘러 마치는 종이 울리자마자 제일 먼저 제출하고 나가 버린다. 흐릿하고 날아갈 듯한 글씨로 쓴 몇 줄.

나는 원래 책 읽기를 싫어했다. 그래서 가장 최근에 읽은 책이 『마법 천자문』이었는데 독서 시간에 자기의 관심사에 맞는 책을 추천해 주는 시간이 있었다. 당연히 많은 카테고리 중에서도 예술형이 끌렸고, 랩에 관심이 있으니 이 책이 바로 눈에 들어왔다.

이 책의 제목은 『랩으로 인문학 하기』이고 저자는 박하재홍이다. 책의 내용은 다섯 개로 이루어져 있는데 책의 소개와 랩, 가사, 랩을 하는 법, 장소가 있었다.

이 책을 읽고 1세대 래퍼들의 가사를 보니까 엄청 올드하지만 즐거웠다.

중3이 쓴 서평, 아니 독후감이라고 하기엔 너무나 짧지만, 이게 어딘가! 민철이가 3년 만에 처음으로 쓴 글을 보고 또 본다. 첫 아이가 걸음마를 뗐을 때도 이보다 감동이었나 싶다. 3년 동안 일주일에 한 번이지만 꾸준히 책을 권했던 간절함이 닿았나 보다. 마지막에 '즐거웠다'라니, 책 읽는 동안 즐거웠다는 말이 달콤하기만 하다. 나를 위한 거짓말이라도 좋다. 이 말에 취해 이후로도 아이들에게 책을 권할 수 있을 테니까.

문집을 만들러 컴퓨터실에 간 민철이는 저 후기에, 책 내용 중 드렁큰타이거의 〈편의점〉 가사를 넣고(가사가 꽤 길어서 다행) 나름 해설도 덧붙여 무사히 두 장을 채웠다. 서평을 다 쓴 후 자기 소개도 당당히 썼다.

저는 상상력이 풍부해 가사를 잘 쓸 수 있는 능력이 있습니다.

민철이의 넘치는 자신감을 본받고 싶다. 마지막까지 기다린 보람에 문집이 빛난다. 잃어버린 한 마리 양을 찾은 목자의 심정이 이런 걸까? 공부를 잘하는 아이가 어려운 책을 읽고 그동안 가졌던 고정관념이 깨졌다는 고백을 할 때도 뿌듯하지만, 3년 동안 책 한 권을 안 읽던 아이, 연필을 잡기조차 귀찮아하던 아이가 쓴 글은 더욱 값지다.

해마다 제2의 민철이가 꼭 나온다. 기다린 시간만큼 잊히는 시간도 오래 걸리는 이름, 올해는 누가 가장 마지막까지 서평을 쓸지, 문집을 빛나게 해 줄지 기다려진다.

해마다 1, 2월이면 새 학기에 읽을 청소년 소설을 고른다. 이른바 '책 사냥'을 떠나는 비장함으로 부지런히 손품, 발품을 판다. 책을 고르는 방법은 평소 보는 신문의 북섹션이나 가끔 듣는 책 관련 팟캐스트에서 메모해 놓은 것을 참고한다, 라고 말하고 싶지만 청소년 소설은 그런 곳을 통해서 알기가 어렵다.

내 경우 인터넷 서점에 들어가서 청소년 소설을 펴내는 출판사들의 신간과 최근 수상작을 검토하는 것으로 시작한다. 관심이 가는 책이 보이면 별점을 본다. 8점이 넘으면 예선 통과, 9점 이상이면 본선 진출 확정이다. 독자들의 100자 평, MD의 소개 글, 출판사 제공 글도 본다. 장편인지 단편인지, 어떤 장르인지, 주제는 무엇인지, 내용만이 아니라 작가도 살핀다. 이미 알고 있는 작가라면 친근함에 믿음이 가고, 처음 보는 작가라면 호기심도 일지만 조심스럽다. 한 작가의 작품에도 편차가 있다고 느낄 때가 있어서, 작가 이름만으로 맹신하진 않으려 한다. 한 권에 마음이 가면 같은 출판사에서 나오는 시리즈물도 살핀다. 한 권을 보려고 들어갔다가 작가, 출판사를 고구마 줄기처럼 줄줄이 따라가게 된다.

그런가 하면 '이 상품을 구입하신 분들이 다음 상품도 구입하셨습니다'라는 홍보 멘트와 함께 나오는 책 표지, 그 아래 줄엔 '지금 이 상품을 클릭한 분들이 다음 상품도 클릭하고 있습니다'라며 나란히 선 표지의 유혹을 물리칠 수 없다. 백화점 고급 브랜드 매장에 갔다가 특별가 반짝 세일이라도 본 사람처럼, 줄 선 녀석들을 한 권 한 권 클릭해 들어가 독자 평점, MD 소개 글, 출판사 홍보 글, 같은 출판사의 시리즈물, 작가의 이전 작품, 목차, 100자 평, 마이리뷰를 읽다 보면 그 아래 줄에 또다시 '이 상품을 구입하신 분이, 이 책을 클릭하신 분이……' 보인다. 인터넷 서점 검색 삼매경에 빠져 책 제목을 부지런히 메모하다 한참이 지나서야 알게 됐다. '이 상품을 클릭한 분이 다음 상품도 클릭하고 있는 책'의 숫자를 내 손으로 늘리고 있다는걸.

이렇게 읽고 싶은 책 목록이 완성되면 그다음은 입수 단계로 돌입한다. 일단 집 근처 구립도서관과 우리 학교 도서관을 검색한다. 학교 도서관은 방학식을 하기 전에 빌려야 하니 학기 중에 미리 찜해 둔다. 인터넷 서점에서 찾은 신간들은 주로 동네 도서관에서 검색을 한다. 대출은 1인당 5권까지이니 우리 가족 4인이면 총 20권까지 빌릴 수 있다. 과욕은 금물! 일단 10권 이내로 빌린다. 즉시 대출 가능한 책은 냉큼 가서 빌리지만, 다른 도서관에 있는 책은 책두레 서비스를 신청하고, 대출 중인 책은 예약하고, 예약한 책을 기다리는 날짜가 너무 멀다 싶으면 다시 (차로 20분 거리의) 다른 도서관 검색, 그곳에서도 못 구하는데 꼭 읽어야겠다 싶으면 그제야 책을 산다. 물론 믿고 보는 작가라서, 혹은 책 소개와 평점의 완벽함에 굴복해서 바로 사는 책들도 있다.

드디어 책이 내 손에 들어오면 정독을 한다. 읽기 시작하면 첫 장의 몰입도가 매우 중요하다. 아무리 후하게 쳐도 30, 40쪽을 읽는 동안 확 빨려들지 않으면 후순으로 밀리는데, 고른 과정이 나름 치밀했던 터라 빌려 온 책 중 십중팔구는 잘 읽힌다. 처음부터 꼼꼼히 메모를 하면서 끝까지 읽게 되는 책은 대략 20권 정도다. 잡자마자 단숨에 읽히는 책은 하루에 두 권도 읽지만, 보통은 한 권 읽는 데 이틀 이상 걸린다. 읽는 속도가 느려 답답하지만, 읽어야 할 책이 쌓이면 사명감과 책임감이 생긴다. 내가 읽은 만큼 아이들에게 재밌는 책을 건넬 수 있으니까.

코로나로 개학이 늦춰지면서 좋기도 하지만 단점도 있다. 쓰기에만 마감이 필요한 게 아니다. 읽기에도 마감이 필요하다. 시험 시간이 종료되고 답안지를 걷어 가야 고민을 안 한다. 개학이 또 늦어진 게 반갑지 않다.

시간이 많아질수록 내 답안, 내가 고른 책 목록에 자신이 없다. 내게 있어 추천도서 목록이란 지극히 개인적인 취향이 반영된 '권유'용 책이지, '권위' 있는 누군가의 '계시' 또는 '필독' 목록이 아니다. 내가 재밌게 읽은 책을 아이들도 맛나게 읽으리라는 기대로 차린, 소박한 밥상이다.

얼마 전, 시간은 많아도 자신은 없다는 이유로 '커닝'을 감행했다. 거의 10년 가까이 안 보던 책따세 추천목록, 아침독서운동본부 추천목록, 강원도교육청 목록까지 두루 살펴봤다(실은 커닝이라는 단어는 적절하지 않다. 여러 기관의 목록을 못 믿어서 안 본 게 아니라 게을러서 못 봤다. 특히 『학교도서관저널』의 추천도서목록은 도서관의 필수 아이템).

목록을 살피다 내가 읽은 책을 보면 반갑다. 내가 추천했던 책을 발견하면, 이 목록을 만든 사람과 하이파이브라도 하고 싶다. 아직 읽지 못한 책은 빨리 읽고 싶어진다. 제목을 메모하고 인터넷 서점에 들어가 책 소개와 독자 평점을 본 후, 도서관 홈페이지로 가서 대출이 가능한지 확인한다.

사거나 빌린 책 중에 아직 못 읽은 책이 있는데, 오늘도 도서관 두 곳에서 각각 5권씩, 모두 10권을 빌려 오려고 나갈 참이다. 타 기관의 목록을 통해 얻은 것은 내가 몰랐던 좋은 책 정보이고, 잃은 것은 사명감 내지는 부지런함의 동력이다. 나 혼자 이리저리 뛰어다니며 책 사냥을 할 필요가 있나 싶은 회의감 말이다. 믿을 만한 곳에서 주기적으로 목록을 발표하는데, 나보다 더 밝은 눈을 가진 이들이 골라 주는 책만 따라 읽기에도 시간이 부족한데 굳이 나까지 오지랖을 떨 필요가.

그럼에도 벌써부터 좋은 책을 만나리라는 기대감에 부푼다. 나보다 먼저 책을 읽고 좋은 목록을 만들어 주는 분들이 있다는 건 고마운 일이다. 다만, 추천도서라는 선입견에 기대어 책을 보자마자 '역시!' 하며 쉽게 감탄할까 봐, 부족했던 인내심과 주춤했던 자신감이 갑작스레 고양될까 봐 조금은 두렵다.

사연 많은 귀여운 중딩들을 돌보고 있습니다

수업 종이 울리고 아이들이 책을 읽기 시작하면 나는 아이들이 지난 시간에 쓴 기록장을 검사한다. 예전에는 기록장을 걷어서 검사하고 다음 시간에 나눠 주었는데, 글로 하는 피드백보다 말로 하는 피드백이 좋다는 말에 올해는 수업 중에 대면 피드백을 해 준다. 지난 시간 쓴 소감이 너무 짧은 아이에겐 내용을 묻고, 꼼꼼히 잘 쓴 아이에겐 공감과 칭찬을 해 주고. 책을 읽는 중에 방해가 될까 조심스럽지만, 짧게라도 아이들과 대화를 주고받는 이 시간이 좋다.

절반 넘게 검사를 하고 가운데 줄 맨 뒤 남학생에게 갔는데 책이 없다. 책상 위에 책도, 기록장도 꺼내지 않은 채 수학 문제를 열심히 풀고 있다.

"지금 뭐 하는 거야? 책 안 가져왔니?"

"책 있어요. 지난 시간에 80프로쯤 읽었는데 도저히 못 읽겠어요. 완전 빨갱이 책이에요."

아이가 책상 속에서 거칠게 꺼낸 책은 『잘 산다는 것』(강수돌, 너머학교). 지난 시간에 도서관에 가서 직접 빌려 온 책이다. 추천 목록에서 1순위로 고른 책을 못 사 온 바람에 도서관에서 다른 책을 가져온 것. 나는 더 재밌는 책을 추천했건만 다 싫다 하고 이걸 빌려 오더니, 이제 와서는 못 읽겠단다.

"이 책이 왜 빨갱이 책인데?"

"공동체를 만들어서 다 같이 잘 살아야 한다고 하는데, 그건 빨갱이가 하는 말이잖아요. 완전 빨갱이라니까요."

"책 읽은 거 맞네. 그런 말 하는 사람을 간혹 빨갱이라 부르는 것도 맞고. 그런데 그게 나쁜 생각은 아니잖아. 같이 잘 살자는 게 왜 나쁘다고 생각해?"

"말이 안 되잖아요. 책 안 읽을래요."

"정 싫으면 다른 책 읽어도 돼. 샘이 갖고 온 책 중에 『소년소녀, 과학하라!』가 있는데, 이 책은 어때? 수학, 과학 좋아하면 이걸로 바꿔서 읽자."

"아니요, 저 과학 싫어해요. 책 안 읽어요."

아이는 고집스레 수학 문제집만 내려다본다. 나는 다른 아이들 눈치가 보여 더는 안 되겠다 싶어 복도로 데리고 나갔다.

"책을 왜 읽기 싫은데? 샘이 정해 준 게 아니라, 네가 읽고 싶은 책으로 읽는 거잖아."

"그냥요. 책 읽는 시간이 아까워요."

"책 안 읽고 수학 문제만 풀고 싶은 거야? 수학만 잘하면 뭐 해? 영어, 수학만 잘해서 좋은 대학 가는 게 다야? 다른 사람들이 어떻게 사는지도 알아야지."

"다른 사람이 사는 걸 왜 알아야 하는데요? 저랑 상관없는 일이잖아요."

"왜 상관이 없어? 네가 나중에 하고 싶은 일이 있을 거 아냐? 공부 열심히 해서 의사가 되고 싶어도 직접 의사를 만나서 어떤 어려움이 있는지, 어떤 보람이 있는지 들을 기회는 거의 없잖아. 지금 네가 만나는 사람이 부모님과 선생님밖에 없는데, 더 다양한 일을 하는 사람들의 이야기를 들어 보면 나중에 그 일을 선택할 때 도움이 되지."

"그 사람은 그 사람이고 저는 전데, 그 사람 얘기가 무슨 도움이 돼요? 저한테는 필요 없다니까요. 시간만 아까워요."

"샘은 타투이스트가 될 마음이 없지만, 얼마 전에 타투이스트가 쓴 책을 보면서 우리 사회에 타투가 불법이라 이런 문제가 있구나, 타투이스트는 그림만 잘 그려야 하는 게 아니라 사람을 대하는 것도 중요하구나 하는 걸 배웠어. 세상은 혼자 사는 게 아니잖아. 샘은 책으로 타투이스트도 만나고, 누드 모델도 만나고, 콜센터 상담원, 택배기사도 만나면서 세상이 어떻게 돌아가는지, 우리 사회에 어떤 문제가 있는지, 사람 사는 데 진짜 중요한 건 뭔지 알게 되었거든. 그건 수학 문제 푸는 거 못지않게, 아니 어쩌면 더 중요한 거라고 생각해. 그래서 이번 학기에는 샘이 비문학을 읽자고 한 거잖아."

아이는 내 말에 수긍하려 들지 않았다. 굳은 표정엔 불만 가득, 왜 이렇게 화가 난 걸까? 1학기에 소설을 읽을 때는 안 그랬는데 왜 그러냐고 물으니, 차라리 소설을 읽는 게 낫다고 한다. 그럼 소설을 읽으라고 하니, 집에 있는 책을 가져오겠단다. 그래, 뭐든 읽기만 하면 어딘가? 집에 있는 소설책 제목을 물어보니, 소설이 아니고 위인전이란다. 전질로 스무 권쯤 있는데 그중에 한 권을 가져와 읽겠다고. 헉! 남의 삶엔 관심이 없다더니 위인전을 읽겠다고? 에세이는 싫고 위인전은 좋고? 지금까지 내가 녀석과 무슨 말을 한 거지? 가끔씩 중딩과의 대화는 이렇다. 열을 내고 말다툼을 벌였지만 왜 싸웠는지 논점도 없고, 결론도 없는 허탈한 느낌이 든다.

아, 아이는 지금 책 읽기가 싫은 거구나. 읽던 책이 마음에 안

든 것도 맞겠지만 오늘 책 읽을 기분이 아닌 거다. 위인전과 에세이의 차이를 말할까도 싶었지만 그랬다간 다시 2라운드가 시작될 테니 더 이상 감정 소모는 하지 말자. 엉클어진 말들 속에서 긍정적인 말만 낚아채서 종결한다.

"그래, 집에 있는 위인전도 괜찮으니까 읽을 책 한 권을 정해서 표지 사진을 찍어 톡으로 보내 줘. 잊지 않게 내가 먼저 톡 보낼게. 오늘 책 안 읽었고, 다음 주는 학교 행사로 수업이 빠지니까 집에서 조금이라도 읽어 와야 해."

교실로 들어온 아이는 수학 문제를 풀고, 나는 다른 아이들의 기록장 검사를 한다. 잠깐이지만 진을 빼고 들어오니 묵묵히 책을 읽는 아이들 뒷모습이 눈물겹게 고맙다.

평소 책에 집중을 잘 못하던 재욱이는 김보통 작가의 『아직, 불행하지 않습니다』를 사 왔다. 아직 조금밖에 못 읽었지만 읽을 만하단다. 이번 학기엔 반마다 책 읽기 싫어하는 남학생들이 이 책을 선택했다. 내가 좋아한 책은 아이들에게도 그 기운이 전해지나 보다. 넷플릭스에서 작가의 웹툰 원작인 드라마가 인기를 끌고 있어 작가를 소개하기도 좋다.

또 다른 한 명은 『콜센터 상담원, 주운 씨』를 사 오기로 했는데, 오늘도 안 사 왔다. 대신 도서관에서 『세계 축구 명장의 전술』

을 빌려 와서 집중해 읽고 있다. 지난 시간까지는 내 책으로 주운 씨를 읽었는데 오늘까지 빌리기엔 면목이 없었나 보다. 축구를 좋아하면 이 책으로 바꿔도 된다고 말해 준다. 그래, 재밌는 책을 읽으면 되지 꼭 새 책으로 사 올 필요는 없다. 책 읽기 싫어하던 두 남학생이 책을 가져와 읽는 것만으로도 기특한 일. 긴장했던 어깨에 힘이 풀린다.

종이 치자 서둘러 교실을 빠져나온다. 뒷문을 슬쩍 보니, 아까 수학 문제를 풀던 녀석이 자리에서 일어나 아이들과 떠들고 있다. 시간 아깝다며 공부하더니, 쉬는 시간에 말은 왜 하는데? 그 반 담임선생님을 만나 조금 전 일을 쏟아 놓았다. 가끔 4차원적 발언으로 듣는 사람을 황당하게 할 때가 있지만 딱히 문제가 된 적은 없는데 왜 그랬을까 하신다. 쉬는 시간에 엄청난 집중력으로 수학 문제집 푸는 모습을 자주 볼 수 있다고.

그래, 멀쩡한 애 맞다. 지금까지 내 시간에도 말썽 한 번 부린 적 없으니까. 그런데 왜 하필 오늘만? 학원 숙제가 많았거나 뭔가 기분 나쁜 일이 있었나? 어쩌면 내가 하는 말이 엄마 잔소리처럼 들렸으려나? 집에서 책 읽으라고, 다른 사람들과 함께 살아가야 한다는 말을 자주 들었을지도 모른다.

아까는 수업이 끝나자마자 냉큼 일어나 아이들과 떠드는 게 얄미웠는데 집에 와 곰곰이 생각하니 다행이다. 수업 시간에야 책 읽기 싫어서 수학 숙제를 했다지만, 쉬는 시간에도 공부만 하고 웃고 떠들 친구가 없다면 그게 더 심각한 문제다.

우리 학교 아이들은 책만 주면 잘 읽는다고 자랑하고 다녔는데, 자만했던 대가를 톡톡히 치른 셈이다. 책을 읽는다는 건 누군가의 삶이 나와 상관없음에서 상관 있음으로 모드 전환하는 일, 그게 안 된다면 시간 낭비가 맞다. 한 공동체의 일원으로 우린 서로 연결되어 있음을 알아야 한다. 그러고 난 후에야 타인의 말이, 책의 목소리가 귀에 들어온다. 책의 씨앗이 뿌리를 내리도록 마음 밭을 고르는 일은 쉽지 않다. 내 욕심이 과했으니, 아이들의 투정을 받아 주고, 때론 읽지 않을 자유를 줄 수밖에.

아이에게 카톡을 보내고 며칠을 기다린다. 읽을 책 표지 사진을 보내오기는커녕 내가 보낸 톡을 읽지도 않는다. 사흘 후 결국 인내심 없는 내가 교실로 찾아가 책을 빌려주고 말았다. 녀석이 처음에 1순위로 골랐던 책 『사연 많은 귀여운 환자들을 돌보고 있습니다』(김야옹, 뜻밖)를 구해서 가져다주니, 아무 일도 없었던 듯 냉큼 받는다.

2주 후 수업 시간, 녀석은 사흘 만에 책을 다 읽었다며 자랑한다. 책 정리 학습지를 쓰면서 자꾸만 말을 건다.

"샘, 제가 커서 뭘 하면 좋을 것 같아요?"

"그걸 내가 어떻게 알아? 네가 생각해서 써야지."

"에이, 샘이 더 잘 알 것 같은데."

헉, 어디서 이런 애교를? (난 아직도 지난 시간 네가 한 일을 알고 있다는 말을 삼킨다.)

그래 나도 '사연 많은 귀여운 중딩들을 돌보고 있다'. 가끔은 이렇게까지 귀엽진 않았으면 좋겠다.

이 책의 어떤 점이 불편하신가요?

도서 구입을 위한 회의가 열리는 날, 오랜만에 학교에 오신 동우 어머니와 인사를 했다. 분기별로 하는 회의에 빠짐없이 참석해 주시니 고맙기만 하다. 졸업한 형의 안부를 물으려는 찰나, 어머니가 먼저 말을 거신다.

"선생님! 동우가 요즘 읽는 책 괜찮은 거예요?"

아, 『덜미, 완전범죄는 없다』(한국일보 경찰팀, 북콤마) 때문이구나. 혹시나 했던 일이 역시나.

방학 때 송승훈 선생님의 『나의 책 읽기 수업』을 읽다가 『덜미, 완전범죄는 없다』라는 책을 알게 됐다. 독서 교육 관련 책을 읽을 때면 나는 책 제목을 유심히 본다. 남학생들이 재미있게 읽었다는 말에 바로 찾아 봤고, 청소년 소설이나 에세이를 주로 읽던 나도 빠져들었다. 평소 무서운 책, 추리소설을 찾는 아이들이 좋아하겠다 싶었다.

책에서 가장 인상적인 것은 노원구 주부 살인 사건으로, 성폭행과 살인을 저지르고 행방을 감춘 범인을 18년 만에 검거한 이야기다. 미제 사건으로 종료될 무렵, 성폭력 특별법 제정으로 공소시효가 연장된다. 그리고 과학 수사의 발전으로 당시엔 무용했던 증거물에서 범인의 DNA가 확인되면서 범인이 잡힌다. 법과 과학 기술의 진전이 한몫했지만, 담당 형사의 끈기와 집념이 없었다면 불가능할 일이다. 과거 현장의 첫 목격자는 초등학교 5학년이던 피해 여성의 딸이었고, 마침 동갑내기 딸을 두었던 담당 형사는 유족의 아픔을 새기며 끝까지 범인을 쫓았다.

경찰을 꿈꾸는 아이들을 위해 진로도서 목록에 넣었는데, 아이들의 반응이 뜨거웠다. 같은 책의 서평을 여럿이 쓰면 수행평가에서 비교가 되니 불리하다고 말려도 소용이 없었다. 동우도 그 책을 샀다.

동우 어머니는 모방 범죄가 걱정된다고 했다. 모방 범죄라니! 나로선 생각지도 못한 일이다. 물론 책을 통해 범죄 수법을 알 수는 있다. 자동차 보험금을 노리고 일부러 사망 사고를 내는 파렴치한이 있었다. 그는 운전자의 과실로 사망 사고가 났을 때 받는 보험금이 유족과의 합의금보다 많다는 것을 악용해 합의금을 적게 요구할 만한 사람들, 즉 농촌에서 할머니들을 골라 사고를 냈다. 하지만 지금은 보험금도 합의금에 따라 차등 지급하는 것으로 바뀌었다고 하니, 모방 범죄는 통하지 않는다.

책을 읽다 보면 우리 사회가 이 정도로 끔찍한가 싶다. 돈이 문제다. 돈 몇 푼 때문에 사람 목숨을 함부로 하는 사람들이 있다는 게, 뻔뻔한 거짓말로 죄를 숨기는 사람이 있다는 게 화가 나고 슬프다. 그럼에도 내가 이 책을 아이들에게 권하는 것은 경찰 수사관들의 열정과 책임감 때문이었다. 사람 무서운 세상이지만, 우린 결국 사람을 믿고 살아갈 수밖에 없으니까.

아이 교육에 관심이 많은 동우 어머니는 책 제목을 보고 놀라서 바로 읽었다고 한다. 책을 좋아하는 분이니 그러실 만하다. 작년에 독서동아리에서 『키싱 마이 라이프』를 읽을 때도 걱정을 하셨다.

"에이, 설마 동우가 모방 범죄라뇨. 그런 걱정은 하지 마세요."

아이들도 이제 청소년이니 책 선택의 자유가 있고, 존중받을 권리가 있다. 초등학생도 아닌데 착한 인물들이 나와 훈훈하게 끝나는 동화만 읽을 수는 없다. 세상의 험한 일, 자본주의 사회에서 돈에 눈먼 욕심과 충동이 어떤 결과를 불러오는지도 알아야 하지 않을까?

동우가 중1 때랑은 많이 달라졌다. 친구랑 장난치기 좋아하고, 기록장은 알아볼 수도 없게 날려 썼는데, 지금은 제법 집중해서 책을 잘 읽는다. 독서동아리를 2년째 하는 것도 신통하다. 3학년 마지막 수행평가로 A4 두 장의 서평을 의젓하게 써냈다. 그리고 그 내용을 졸업 문집에도 넣었다. 아마 어머니도 보셨을 거다.

이 책에는 정말 악질의 사건부터 미스터리한 사건, 엽기적인 사건까지 여러 사건이 나온다. 이 모든 일이 실제 있었다는 생각을 하면서 책을 읽다 보면 소름이 끼치고, 범죄는 진짜 나쁜 것임을 알게 된다. 이 책을 보고 이렇게 하면 못 찾겠지 하고 범죄를 저질러도 형사에게 반드시 잡히게 되어 있으니 절대 따라하면 안 된다.

지난 주말 다른 학교 국어선생님에게서 전화가 왔다. 『얼음붕대 스타킹』(김하은, 바람의아이들)을 방학 중 추천 도서로 넣었는데 학부모에게 민원이 들어왔다고 한다. 전화를 건 엄마는 '공부 열심히 하는 아이 마음 심란하게 왜 그런 책을 넣었냐'며 책 선정을 문제삼았다고 한다. 아이가 특목고 입시를 준비하는데 이 책이 방해가 되었다니, 아이의 불안인지, 부모의 불만인지 갑작스러운 원망에 교사는 당황할 수밖에 없다.

수업 시간에 읽는 필독서가 아니고 방학 중 추천 목록인데도 문제가 되는 걸까? 선정성을 따지면 이보다 심한 것도 많고 많은데, 왜 하필 책에만 예민할까? 책은 부모가 볼 수 있지만, 웹툰이나 영상은 눈에 띄지 않아서일까? 책에 나온 사건이 남의 일 같지 않았다면, 실은 제대로 읽은 거다. 부모는 아이의 미래가 안전하고 무탈하길 바라지만 앞으로 어떤 일을 겪을지는 아무도 모른다. 살아가면서 크고 작은 상처는 피하기 어렵다.

성과 관련해서는 아이들과 이야기를 나누기가 조심스럽다. 아이들의 관심이 뜨거운 반면 수업 시간에 다루기에는 쉽지 않은 주제이기 때문이다. 그럴 때 소설만큼 유용한 교재가 없다. 미혼모를 다룬 소설 『키싱 마이 라이프』나 『톡톡톡』은 쉽게 읽히면서도 성적 자기 결정권과 생명에 대한 책임감을 생각하게 만든다.

10여 년 전에는 3학년 아이들에게 시험이 끝난 뒤 『동정 없는 세상』을 추천하기도 했다. 그때 중3 여학생 한 명이 그전까지는 성(관계)에 관심이 없었는데 이 책을 읽고 나니 '한번 해 보고 싶다'는 말을 해서 나를 깜짝 놀라게 한 적이 있다. 나는 아이에게 말했다. 이 책에 나온 등장인물은 수능이 끝난 고등학교 졸업생이지만, 너는 이제 중학교 졸업생이라고. 같은 상황이 아니니 자제해 달라는 내 말에 아이는 웃으며 고개를 끄덕였다. 새침데기 같았지만 밝고 당찬 그 여학생의 미소가 마음에 들었다. 성을 부끄럽고 창피하고 억눌러야 하는 게 아니라, 당당히 누리는 것, 자연스럽게 즐기는 것으로 알게 된 모습이 싱그러웠다.

『얼음붕대 스타킹』의 주인공은 갑작스레 닥친 불편한 사건을 잊으려 하지만, 그날을 왜곡시킨 소문은 일파만파 커져 간다. 아픈 기억을 덮고 도망치려 했지만, 결국은 자신의 힘으로 상처를 직면하는 스위치를 켠다. 이 책을 읽은 중1 여학생들은 성추행을 당하는 첫 장면에선 좀 놀랐지만, 좋은 책이라고 입을 모았다. 친구들만이 아니라 어른들도 읽어 봤으면 좋겠다고 말했다. 중요한 건 이미 일어난 사건 자체가 아니다. 이후에 그 일을 대하는 태도, 당사자와 주변에서 그 일을 어떻게 해석하고 해결해 나가는지가 사람을 살리기도 죽이기도 한다. 특정 장면만 보고 작품의 불온함을 논하지 말고 작가의 의도와 배려, 아이들의 자정 능력을 믿어 주었으면 좋겠다.

아이들이 그 책을 읽지 않는다고 해서 어른들의 걱정이 해결되는 건 아니다. 아이들은 세상을 모른 채 책만 읽지 않는다. 누구보다도 빠른 정보력으로 사회 곳곳에서 일어나는 일을 알고 있다. 학부모와 교사가 아이의 교육을 함께 고민하고 협력하는 관계라면, 책에 대한 불만은 터놓고 말했으면 좋겠다. 보는 이에 따라 책에 대한 평가가 다른 것은 당연하다. 교사들끼리도 의견이

엇갈리는데, 학부모들도 다양한 의견이 있을 것이다. 다만 최종 판단은 아이들이 하도록 그물을 넓게 쳐 주었으면 좋겠다. 촘촘한 그물코로 작은 목소리도 세심히 건져 올려, 상처를 딛고 설 수 있는 위로와 용기를 주었으면 좋겠다.

다음에라도 책과 관련해 학부모의 민원을 받게 되면 나는 차분하고 담담하게 말하려 한다.

'아이들이 읽는 책에 관심을 가져 주셔서 고맙습니다. 이 책의 어떤 점이 불편하신가요? 책을 읽은 후 아이가 어떤 생각을 하게 될까 봐 걱정되시나요?'

아이들 손으로 직접 작가를 뽑는 '삼정청소년문학상'

우리 학교 작가 초대 행사(삼정청소년문학상)는 전교생이 6권의 청소년 소설 중 3권 이상을 읽고, 투표로 초대 작가를 정한 뒤 직접 행사를 준비하고 진행한다. 시작은 2012년, 지금은 청소년문화연대 '킥킥'으로 활동하는 문화기획모임('재미로')의 제안 덕분이다. 당시 서울문화재단 연희문학창작촌이 주최한 문학 프로그램 공모사업에 이 단체가 제안한 '청소년이 직접 선정하는 청소년 문학상' 프로젝트가 선정되었는데, 이를 실행할 학교를 찾다가 나에게 연락이 왔다.

첫 행사를 무사히 마친 이후로는 자체적으로 8년째 이어 오는 삼정중의 자랑 작가 초대 행사, 주 1회 독서 수업으로 한 학기 동안 어떻게 진행했는지 간단히 소개하고자 한다.

1. 작가 뽑기 전 준비

1~2월_후보 도서 선정하기

삼정청소년문학상, 전교생의 사랑을 받는 작품을 뽑기 위해서는 후보 도서 선정이 중요하다. 겨울방학이 시작되면 마음이 바빠진다. 신문이나 출판사 홍보, 잡지(『학교도서관저널』), 추천도서 발표 기관(어도연, 책따세, 행복한아침독서), 인터넷 서점 등에서 보고 메모해 놓은 책, 출판사에서 청소년 문학상을 받은 작품, 관심 있는 작가들의 신간을 살핀다. 단편집보다는 장편소설을, 책의 주제도 노동, 인권, 학교 폭력, 사랑, 죽음,

가족, 역사, 미래 사회 등 다양하게 구성한다. 재미에 의미까지 있는 책을 찾기가 쉽진 않지만, 아이들이 잘 읽는 책을 골라야 한 학기가 수월하다. 행사의 성공은 이때 달렸다.

3~4월_모둠별 도서 읽기, 발표하기

새 학기 1차시에는 삼정청소년문학상 프로젝트의 진행 과정을 설명하고, 2차시에는 아이들에게 후보 도서 6권을 소개한다. 같은 책을 읽고 싶은 아이들 4명이 한 모둠이 되어 같은 책을 읽는다. 모둠별 책은 4시간 동안 읽고, 1시간은 반 친구들에게 책 홍보 준비 시간을 갖게 한다. 책을 홍보할 때는 PPT를 쓰지 않게 한다. 발표 방식은 자유롭게, 책의 핵심 내용(스포 금지)과 이 책을 읽어야 하는 이유(현실과의 관련성), 책의 장단점을 알리게 한다. 필수 사항만 요점 정리하여 설명하는 팀도 있고, 내용을 흥미롭게 재구성해서 발표하는 팀도 있다. 북토크, 연극, 홈쇼핑, '이 책이 알고 싶다'(시사 프로그램 패러디), 저자 인터뷰 등 아이들이 창의력과 끼를 발휘할수록 반응도 좋다. 발표는 읽기가 아닌 말하기임를 강조한다. 모둠별 발표(수행평가)를 보고 투표(1인 2표)를 한다. 이렇게 해서 다 같이 읽고 싶은 책 3권이 정해진다.

5~6월_3권의 후보 도서 읽기, 팀별 토론하기

3권의 책이 정해지면 국어과 예산으로 각 10권씩을 준비해서 아이들에게 읽게 한다. 책을 읽을 때는 매시간 인상적인 구절과 감상을 간단히 기록하게 하고, 이것을 토대로 작가 행사 당일에 상영할 '책 속 한 문장' '나도 한 마디(소감)' 영상을 만든다.

책 읽기 일정이 끝나면 자신이 좋아하는 책으로 모둠을 짜서, 모둠 대항 토론을 한다. (자기 팀에 유리한) 청소년문학상의 심사 기준 2개를 정해서 그 기준에 자기 모둠의 책이 부합하는 이유를 책 내용을 근거로 들어 발표하게 한다. 다른 팀의 질문을 받고 답변도 한다. 상대에게 하는 질문은 책의 단점이나 지지하는 주장에 반론을 제기하는 것, 이때가 최종 심사 회의인 셈이다. 아이들이 책을 꼼꼼히 읽었는지, 건성으로 읽었는지가 드러난다. 반마다 토론의 스타와 자살골을 넣는 스파이(?)도 나온다. 같은 책을 읽었지만 읽는 사람에 따라 생각이 다름을 확인하는 시간을 아이들은 즐거워한다. 흥미, 교훈, 현실 반영, 작품성, 일러스트 등 다양한 기준에 따라 책을 꼼꼼하게, 비판적으로 보는 시간, 이 토론을 한 후 간단한 글쓰기를 한다.

2. 작가 선정과 본격적인 행사 준비

7월 초_행사 준비팀 구성, 최종 투표로 작가 정하기

최종 투표를 하기 전, 작가 행사 준비팀(15명 내외)을 꾸린다. 1학년 독서동아리 학생들 중 희망자로 구성한다. 이 행사를 1학년이 준비하는 것은 2012년 첫해의 경험 때문이다. 당시엔 내가 1학년 수업만 들어가서 각 반에서 책을 좋아하는 아이들로 준비팀을 꾸렸는데 행사를 성공적으로 잘 끝냈다. 준비팀 아이들은 2차 투표 전에 꾸려 투표부터 본격 활동을 시작한다. 1차 투표는 교실에서 했지만, 결선인 2차 투표는 급식실 앞이나 학년부 복도에서 한다. 투표 홍보, 투표함 설치, 개표와 결과 알림을 모두 준비팀이 한다. 최종 투표로 작가가 결정되면, 나는 작가를 섭외하고, 아이들은 본격적인 행사 준비에 들어간다.

7~8월_역할 분담 및 준비

준비팀은 작년 행사를 참고하여 올해 행사 프로그램을 준비한다. 여름방학 과제로 전교생 독후활동 작품 대회를 열어 글, 그림, 영상 중 한 분야를 선택해서 작품을 제출하게 한다. 글도 단순히 독후감(서평)만이 아닌 책의 주제와 관련된 사회 문제 칼럼, 소설 (뒷이야기) 창작, 작가에게 편지 쓰기 등으로 자유롭게, 그림도 표지 그림, 삽화 그리기, 4컷 만화 등 자유롭게 작품에 대한 감상을 표현한다.

준비팀은 역할을 나눠 무대에서 마이크를 잡는 진행팀(사회자, 인터뷰어, 퀴즈 진행, 행운권 추첨)과 당일 행사를 지원하는 영상팀, 연극팀, 홍보팀, 선물팀으로 나눈다. 연극팀은 방학 중에 공연(연극) 대본을 쓰고 캐스팅을 하고, 영상팀은 행사에서 보여 줄 영상을 미리 만들어 놓는다. 개학 후 홍보팀은 학생들의 그림을 활용해 행사 포스터를 만들고, 선물팀은 학생들의 글과 그림, 롤링 페이퍼를 이용해서 작가에게 드릴 선물(소책자)을 만든다. 리허설은 행사 전날 밤늦게 끝나지만, 아이들은 피곤한 기색 없이 최선을 다한다.

3. 작가 초대 행사 당일 및 평가

드디어 작가를 만나는 날, 학생들은 방과 후에 도서실에 모여 행사를 진행한다. 오프닝 연극, 작가 소개, 작가 강연, 인터뷰(질의응답), 영상 우수작 상영, 책 퀴즈, 행운권 추첨, 준비 과정 영상 등으로 이루어지는데, 작가 강연 외엔 모두 아이들이 마이크를 잡고, 아이들의 작품이 무대에 오른다. 2시간 가까운 행사에서 작가에게 할애하는 시간(질의응답 포함)은 50분 정도, 무대에 올라가는 학생들이 계속 바뀌니 지루할 틈이 없다.

행사가 끝나면 뒷정리를 한 후 준비팀 평가회를 갖는다. 아이들은 힘들었던 일보다는 즐거웠던 일을 말한다. 어색했던 친구들과 행사를 준비하면서 친해진 일, 자기 역할을 잘 끝내서 홀가분한 마음, 특히 준비 기간에 학원을 빠질 수 있어서 좋았다는 말이 꼭 나온다. 학원에서는 할 수 없는 경험, 친구들과 협력하여 큰 미션을 완수했다는 경험이 아이들을 성장시킨다.

지금까지는 삼정중의 사례이며, 학교마다 상황에 맞게 규모나 방법을 조정할 수 있다. 한 학년만 해도 되고, 6-3-3 전환기 프로그램이나 도서반 행사로 해도 좋다.

후보 도서를 3~4권 정해 투표를 한 번만 해도 된다. 중요한 것은 아이들을 주체로 세우는 일이다. 책을 읽고 토론을 하고 작품을 뽑고, 행사를 기획하고 진행하는 것 모두 아이들이 하도록, 교사는 한 걸음 뒤에서 도울 뿐이다. 아이들이 스스로 해냈다는 성취감은 물론, 작가를 만나는 기쁨도 누리는 우리 학교 청소년문학상 프로젝트, 많은 선생님들이 시도해 보길 바란다.

역대 삼정청소년문학상 수상작

2021년 — 김지숙, 『소녀A 중도 하차합니다』
아이돌 지망생 소녀A를 둘러싼 학교 폭력 논란. 한 사건을 보는 네 사람의 시선을 담은 책.

2020년 — 박현숙, 『구미호 식당』
저승 문턱에서 만난 두 사람이 49일 동안 살면서 일어나는 일. 아저씨가 찾는 그녀의 정체는?

2019년 — 이기규, 『아빠와 나 그리고 아빠?』
열두 살 효이가 성소수자인 아빠를 이해하고 받아들이는 과정을 그린 동화. 초등 고학년 이상.

2018년 — 최고나, 『옆집 아이 보고서』
퇴학 위기의 남고생이 옆집에 사는 은둔형 외톨이 여학생을 학교로 나오게 만드는 미션 수행.

2017년 — 문영숙, 『그래도 나는 피었습니다』
위안부의 고통스러운 삶을 직면하게 하는 책. 예선에서 이미 압도적인 지지율로 수상작 결정.

2016년 — 이옥수, 『키싱 마이 라이프』
고등학생 미혼모의 고민과 선택, 사랑과 우정을 생생히 그린 책. 청소년 소설의 스테디셀러.

2012, 2013년 — 한윤섭, 『해리엇』
어린 원숭이 찰리와 늙은 거북 해리엇의 이야기. 2012년, 2013년 2년 연속 1학년이 뽑은 책.

2장

내가 잘 지내야 할 사람은 나야, 나

책모임을 할 때면 책에 '관한' 이야기도 좋지만,
책을 '통한' 이야기는 더욱 소중하다.
책 속에서 가슴에 닿는 한 단어,
한 문장만 만나도 이야기는 마음 구석구석을
비춰 준다.

첫째는 서러워, 딸들의 반란

_『우리 가족 인권 선언 1-4』

'독사과'는 2학년 여학생 팀, 책을 어찌나 잘 읽어 오고 죽이 척척 맞는지 독서동아리 안 했으면 어쩔 뻔했나 싶다. 2학년 올라오면서 (코로나로 개학이 늦어지면서) 온라인 모임으로 시작을 했는데 적응도 빠르다. 모임을 할 때마다 아이들은 시간 가는 줄 모르고 수다삼매경에 빠져든다. 처음엔 나도 신이 나서 책 대화를 나눴는데, 등교 수업과 원격 수업이 번갈아 진행되자 매번 함께하진 못했다. 자율독서동아리는 말 그대로 '자율', 아이들끼리 모임을 잘하니 걱정이 없다.

온라인 모임의 가장 큰 장점은 아이들의 대화가 글로 남는다는 것. 실시간으로 함께하지 못한 날은 끝나고 언제든 들어가 볼 수 있다. 모임이 끝나면 제일 먼저 독사과 팀으로 달려간다. 오늘은 또 어떤 이야기를 남겼을까 궁금한 마음을 참을 수 없어서. 온라인 카페가 아닌 물리적 공간 카페로 달려가듯 급하게 클릭, 클릭을 하고 스크롤을 내리다 보면 엄마 미소 사르르~! 역시나 나의 기대 이상으로 즐겁고 알찬 시간을 보냈다. 아이들이 떠난 카페에서 조금 전까지 남긴 댓글만 읽어 봐도 그 후끈한 입김과 웃음에 마음이 녹는다.

이번 모임 책은 『우리 가족 인권 선언』(엘리자베스 브라미, 노란돼지), 4권짜리 그림책이다. 엠네스티 추천 도서로, 가족 내 성 역할 문제를 쉽고 재밌게 담아냈다. 책별로 저자가 제시하는 딸, 아들, 엄마, 아빠의 인권 조항도 나온다. 엄마, 아빠 책(3, 4권)은 지난주에, 오늘은 딸, 아들 책(1, 2권)으로 모임 대화를 나누었다. 나는 엄마의 인권을 담은 3권부터 읽었다. 책장을 펼치자 엄마 인권 조항 1조가 한눈에 들어온다.

완벽하지 않을 수 있고, 모든 것에 대해 전부 알지 못해도 되며, 틀리거나 깜빡할 수 있는 권리. 바보 같은 짓을 하거나 가끔 나쁜 말을 툭 내뱉거나 초능력을 갖지 않아도 될 권리.

아, 정말 이래도 되는데, 왜 그렇게 모든 일을 잘 해내려 했을까? 결혼하고 아이를 낳고, 살림하며 직장을 다니다 보니 놓치는 일이 많아졌다. 아이들이 어릴 때 외출을 하면 뭔가를 빠뜨리고 나오거나, 나가서 잃어버리고 들어오거나. 몸이 피곤한 날이면 아이들에게 짜증을 내고 밤이면 후회하고 자책하고. 사사건건 나를 감시하고 몰아붙인 시간들이 위로받는 느낌이다. 틀리거나 깜빡해도 괜찮고, 가끔은 욱해서 말실수를 할 수도 있는 거지. 그래, 초능력을 가지려 애쓰지 말자. 이미 많은 일을 하고 있어. 나를 다독이며 책장을 넘긴다. 이 그림책 가지고 동네 엄마들과도 이야기를 해 보면 좋겠다. 『엄마 인권 선언』이 마음에 드니 나머지 세 권은 안 봐도 평이 후해진다.

하지만 아이들은 이 책에 박한 점수를 주었다. 특히 웬만하면 높은 점수를 주는 지후가 이번엔 왜 이렇게 낮게 점수를 주었나 의아했으나 모임 전에 쓴 기록장을 본 순간 납득이 됐다. 아이들에겐 책에 나오는 딸의 권리는 당연한 건데, 저자가 선심 쓰듯이 던져 주니 불편했던 모양이다.

내가 생각하는 도서 평점과 이유는? 1점 : 엄마, 아빠 인권 선언에 비해 딸 인권 선언은 권리가 아니라 의무를 말하는 것 같은 느낌이 들었다.

'남자아이처럼 뛰어놀고 바느질이나 집안일을 못해도 된다' 정도만 나와 있어서 별로였다. 그건 시대가 바뀌었으니 권리가 아니라 의무다. 물론 어떤 집은 그렇지 않겠지만 나는 성차별을 안 당하는 것은 당연한 것이라고 생각하기 때문에 책의 내용에 공감 가는 부분이 없었다. 엄마와 아빠 인권 선언에서는 엄마와 아빠를 이해해 주고 배려해 줘야 한다는 느낌이 들었는데 딸은 완전 당연한 것만 쓰여 있다. 딸 인권 선언에서 존중받고 싶은 권리가 있다면 엄마한테 한번 읽어 보라고 할 계획이었는데 완전 망했다.

'완전 망했다'라니! 윤진이도 책 내용 중에 마음에 드는 권리라고는 '수학을 잘하고 국어를 못해도 되는 권리' 하나라고 답했다. 정말 이 책에 나온 딸의 권리는 아이들에겐 성에 차지 않았나 보다. 세대 차이인지 생각 차이인지, 나만 좋았나 싶어 머쓱해진다. 평소 할 말은 해야 직성이 풀리는 지후는 급기야 열 가지 '딸 권리 장전'을 직접 만들어 선포했다.

내가 원하는 딸의 권리

1조 날씬하고 예쁘지 않아도 될 권리

2조 딸이라는 이유로 남자 형제와 차별받지 않을 권리

3조 앉고 싶은 자세로 편하게 앉아 하고 싶은 것을 할 권리

4조 항상 예쁘게 꾸미고 있지 않아도 될 권리

5조 외출 준비 시간이 남자 형제에 비해 느려도 핀잔받지 않을 권리

6조 엄마나 아빠에게 자신의 의사를 적절하고 분명하게 드러내도 될 권리

7조 항상 완벽하고 착한 딸이 아니더라도 사랑받을 수 있는 권리

8조 부당한 일을 당했을 때 목소리를 높여 의사 표현을 해도 괜찮을 권리

9조 깔끔하고 야무지지 않아도 될 권리

10조 애교를 많이 부리지 않아도 사랑받을 수 있는 권리

지후의 '딸 권리 장전'은 구구절절 지당한 말씀. 얼마 전 오랜만에 만난 지후를 보고 나도 모르게 살쪘다는 말이 튀어나왔는데 1조부터 찔린다. 반성문이라도 써서 건네주고 싶은 마음. 찬찬히 읽어 보니 까마득히 잊었던 내 어린 시절도 떠오른다. 아침에 눈을 뜨면 엄마는 거울을 보며 머리를 매만지고 계셨다. '여자는 머리부터 단정해야 한다'는 말씀을 하셨는데(4조), 나는 늘 부스스한 머리가 베토벤처럼 뻐쳐도 거울을 보는 게 습관이 안 됐다. 동생과 싸울 때면 지는 게 이기는 거라는 말에 억울함을 호소하지 못했고(8조), 행주를 짜도 손아귀 힘이 약해 야무지지 못하다는 말을 들었다(9조). 아버지 앞에만 가면 표정이 굳어 버리는 바람에 왜 그리 뚱하냐는 핀잔을 들었다(10조). 그 시절 서럽던 일들이 줄줄이 떠오른다.

그때나 지금이나 집집마다 딸들의 처지는 다 비슷하구나. 지후의 권리 10조에 공감을 넘어 동지애와 비애가 느껴진다. 왜 바뀌지 않을까? 시집살이를 했던 시어머니가 시집살이를 시킨다더

니, 나는 집에서 딸과 아들을 공평히 대하고 있는가? 평소 잘하고 있다고 자부했는데, 생각해 보면 걸리는 게 한두 가지가 아니다. 네 살 터울인 딸이 아들과 싸우면 유치하게 동생이랑 싸우냐며 무조건적인 양보를 강요한 것, 설거지를 왜 자기만 하냐고 물으면 동생 밥까지 안 챙기면 다행인 줄 알라고 핀잔을 준 것, 옷에 뭔가를 묻히면 칠칠맞지 못하다고 눈치를 준 것 등 그동안 참고 받아 준 딸에게 미안하고 고맙다.

요즘은 집집마다 하나 아니면 둘만 낳으니, 아이들은 50퍼센트 확률로 외동 아니면 맏이다. 독사과 팀은 세 명이 남동생을 둔 첫째이고 윤진이만 오빠랑 터울 많은 늦둥이다. 아버지 사랑을 독차지하는 윤진이는, 아버지가 아기처럼 자신의 볼을 꼬집는 게 불편하단다. 네 명 중 가장 깍듯하고 책임감 강한 윤진이가 막내이고, 가끔씩 엉뚱하고 귀여운 면이 있는 셋이 맏이였다니. 동생이 태어나면 나이에 상관없이 바로 '큰애'가 되는 첫째들의 슬픈 운명이여, 착실한 아이들이니 학교에서도 교사들의 기대가 부담이 되었던 건 아닌지 슬며시 걱정된다. 형제자매 서열로 성격을 재단해선 안 되는데, 학교 아이들을 보면서 언제부터인가 둘째가 더 야무지고 싹싹하다는 선입견을 갖게 됐다. (아이들 앞에선 티를 내지 않지만, 나를 포함해서 둘째를 오냐오냐 키운 엄마들 반성하세요!)

이번 모임은 그동안 딸로서, 맏이로서 겪었던 부당함을 토로하는 성토장이 되었다. 솔직한 고백과 공감 덕분에 아이들에게는 후련한 시간, 내게는 회한의 시간. 아이는 부모를 비추는 거울, 그 거울은 너무도 정직해 숨을 곳이 없다. 아이들과 부모 이야기를 할 때면 부모도 먹고살기 힘들다고, 어린 시절 상처 없는 사람 없다며 감쌌는데 구차하고 궁색하다. 엄마가 시집살이의 고됨을 어린 내게 털어놓을 때마다 가슴에 돌덩이가 놓이는 느낌이었는데, 나 역시 딸에게 육아와 가사 노동의 고됨을 푸념해 왔다. 삼남매 중 가운데라 위아래로 엄청 싸웠는데, 우리 집 남매에겐 서로 이해하란 말을 입에 달고 산다. 두 아이가 싸우면 모른 척할걸. 중재를 하려다가 번번이 꼬이는데도 가만히 있지를 못하니. 이것도 엄마로서 과한 책임감이겠지?

모임 전 기록장을 볼 때는 책 평점이 낮아서 대화가 잘 될까 걱정했는데 모임 평가 점수는 모두 만점, 역시 책모임은 읽는 것보다 나누는 게 중요하다. 특히 엄마에게 불만이 많았던 지후의 반전이 신기하다. 지후는 엄마, 아빠도 내 엄마, 아빠이기 전에 누군가의 딸, 아들이라는 사실을 알게 되었다고, 책을 읽고 나니 엄마, 아빠에게 더 잘해 주어야겠다고 후기를 남겼다. 뭐야? 수십 년 넘게 부모에게 서운한 뒤끝을 가졌던 나도 있는데, 중2가 이렇게 너그럽고 훌륭해서야 쓰나? (난 착한 아이 콤플렉스를 우려하는지라

훈훈한 마무리에 살짝 당황스러웠다.) 아이들 앞에서 부모 흉을 본 나만 뻘쭘해졌다. 이미 엎질러진 물, 교사도 때론 누군가의 뒷담도 한다는 걸 인간적으로 봐주었으면. 완벽한 엄마를 내려놓듯이, 모범적인 교사도 잠시 벗어 놓는다. 아이들보다 내가 더 가벼워진 날이다.

모두를 위한 즐거운 맞춤법

_『오빠를 위한 최소한의 맞춤법』

며칠 전 3학년 한 남학생이 모임에 늦었다. 아이들 말로는 받아쓰기 '재시험'을 보느라고 못 오고 있단다. 그 반은 담임선생님이 아침마다 받아쓰기 시험을 보는데 60점 이하는 방과 후에 재시험을 본다고 한다. 책도 많이 읽고, 글도 곧잘 쓰던 아이가 받아쓰기에서 걸릴 줄이야. 이참에 나도 독서 시간에 받아쓰기 시험을 볼까? 헷갈리기 쉬운 것들을 모아 퀴즈를 풀게 하면 도움이 되겠지? 『오빠를 위한 최소한의 맞춤법』(이주윤, 한빛비즈)이 있으니 문제 내기도 좋다. 사서선생님이 독서동아리 서가에 넣은 덕분에 알게 된 책. 나는 작가의 유머 감각에 감탄하며 읽는 내내 실실 웃었는데, 2학년 여학생들에겐 어땠을지 궁금하다.

"평소 맞춤법이 헷갈렸는데 도움이 많이 됐어요."

재윤이는 나랑 같은 5점을 주었다.

"잘 읽히고 도움이 됐는데, 스토리가 있는 걸 좋아해서 1점은 뺐어요."

4점을 준 민지랑 소영이는 평소 소설을 좋아한다.

"저도 스토리가 없어서, 맞춤법도 이미 아는 게 많아서 좀 아쉬웠어요."

공부를 잘하는 다연이는 책에 나온 설명이 조금 유치했던 모양이다.

아이들은 확실히 문학을 좋아한다. 스토리가 있으면 좋았겠지만 문법 설명을 하면서 스토리를 만들기는 쉽지 않다. 이 책은 맞춤법 표기가 헷갈리는 두 단어를 엮어 설명하고, 중간중간 재미난 에피소드를 넣었다. 들어가는 말에 '요즘은 각 잡고 앉아 연애편지를 쓰지 않아도 메신저로 편리하게 마음을 전할 수 있으니 여자 꼬시기 참 좋은 시절인 듯합니다'라는 말만 봐도 작가가 어떤 사람인지 그려진다. 솔직한 말투에 친밀감 고조, 젊은 작가의 재기발랄함이 마음에 들었다. 책날개의 저자 소개를 보니 '일러스트레이터, 간호사, 백수, 소설가 지망생', 나중에 소설가가 된다면 이 책은 흑역사로 남을 거라 했지만, 국어교사들에겐 반갑기만 한 책이다. 아이들과 나는 앞다투어 책 내용 중 도움이 된 부분을 말하기 시작했다.

나는 평소 '결제/결재'(19쪽)가 헷갈렸는데 이건 'step1 이거 모르면 죽자'에 나오니 난이도 최하, 국어교사로서 부끄럽지만 그래도 어쩌겠나? 나는 이 단어를 쓸 때면 표준국어대사전을 검색할 때가 많았는데, 아래 예문을 읽고 나서는 확실히 구별할 수 있게 되었다. 이렇게 용한 가르침이 또 있을까 싶어 고백하니, 아이들도 웃음으로 동의한다.

결제 : 이 돈을 다 **제**가 썼다고요?

결재 : 김 과장, 이 **재**수 없는 **!(20쪽)

아이들은 '할게/할께' '왠지/웬지' '안/않' '봬요/뵈요' '사귀어/사겨'를 주로 많이 헷갈렸다고 한다. 책을 찾아보면서 둘 중에 어떤 단어가 맞는지 서로 자기가 이해한 내용을 설명해 준다.

— '왠지'(47쪽)는 '왜인지'의 줄임말로, 딱 '왠지'의 한 가지 경우만 쓴대. 그 밖의 경우(웬일, 웬걸, 웬만큼, 웬만치……)에는 다 '웬'을 쓴다고 외우면 되는 거야.

— '안'은 '아니'의 줄임말, '않'은 '아니하'의 줄임말인 건 알지?

— '돈을 안(아니) 벌고/안(아니) 만날 거야/말도 않(아니하)고/이유도 묻지 않(아니하)고'처럼 헷갈릴 때는 본딧말로 풀어서 말해 보면 되겠네.

— 맞아, '봬요'도 '뵈어요'의 줄임말이기 때문에 '내일 뵈요'는 틀리다는 건 알겠는데, 신기한 게 '사귀어'(56쪽)가 맞고 '사겨'로는 줄일 수 없대.

— 아, 진짜 그러네. 왜 '사겨'는 안 되는 거지? 설명(56쪽)을 봐도 딱히 이유는 없는데.

그 밖에 '던/든' '예요/이에요' '얼마큼/얼만큼' '어떻게/어떡해' 등으로 사례가 늘어날수록 아이들은 맞춤법이 어렵다며 고개를 젓는다.

아이들 이야기를 듣다가 새롭게 알게 된 사실이 있다. 문자나 카톡을 보낼 때 맞춤법을 정확하게 쓰면 뭔가 어색하고 딱딱한 느낌이 들어서 일부러 조금씩 틀리게 쓴다는 것. 평소 차분하고 공부도 잘하는 소영이가 이렇게 말하자 모두 동의했다. 나는 일부러 맞춤법을 틀린 적은 없고, 오히려 오타가 나면 얼른 정정하는데, 이거야말로 세대 차이요 문화 차이구나 싶었다. 아이들이 맞춤법을 정확하게 써야 할 곳은 공식적인 자리나 윗사람에게 문자를 보낼 때이고, 친구들끼리는 맞춤법을 알아도 SNS에서는 조금씩은 어긋나게 써야 친하고 편한 느낌이 든단다.

처음엔 굳이 그럴 필요까지 있을까 싶었지만, 듣고 보니 나도 아이들과 카톡을 할 때 '-하고요' '-하길 바라'라고 표기하진 않는다. 그냥 "저는 투표했구요, 여러분도 내일까지는 꼭 하길 바래요" 정도로 타협을 했다. 언제부터인가 SNS 소통이 일상이 되면서, 맞춤법은 스리슬쩍 외면하게 되었다. 몰라서가 아니라 알면서도 입말의 익숙함과 관계의 친근함에 밀려 천덕꾸러기 신세가 된 맞춤법. 그래도 오늘 모인 아이들은 맞춤법에 신경을 쓰는 편이다. 카톡을 주고받을 때 상대방, 주로 남학생들이 맞춤법을 틀리게 쓰면 그 글자를 정정해서 답글을 올리는데, 당사자는 정작 고친 것을 보지도 않고 계속 틀리게 쓰니, 이 상황을 보는 게 너무 답답하다고. 한 명이 이렇게 말하자 모두 공감하는 걸 보니 역시 똑똑하고 친절한 언니들이다.

나는 아이들에게 도움이 될까 해서 '오랫만'은 '오랫동안'에서 나온 것 같지만 틀린 표기이고, '오래간만'의 줄임말은 '오랜만'이라는 것도 알아 두자고 했다. 아이들은 내 말이 끝나기가 무섭게 이미 그 정도는 알고 있다며 한목소리로 노래를 불렀다.

"바나나를 먹으면 나한테 반하지? 오렌지를 먹은 지 얼마나 오랜지!"

아이들은 신이 나서 부르는데, 나는 처음 듣는 노래다. 몇 년 전에 인터넷에서 유행하던 노래라는데, 발음이 비슷한 단어를 넣어 가사를 만든 덕분에 아이들은 자신 있게 '오랜지'와 '오랜만'을 안다고 자랑했다. 노래를 부르고 나자 더욱 신이 난 아이들은 내가 묻지도 않았는데 비슷한 표기이지만 뜻이 다른 단어들을 말한다. '어이/어의, 금세/금새, 연예/연애, 이따가/있다가, 며칠/몇일, 햇수/횟수, 너머/넘어' 등. 또 '설레임'은 틀리고 '설렘'이 맞는 표기인데, 아이스크림의 상품명 '설레임' 때문에 헷갈리니, 그 회사에 정정을 요구할까 잠시 흥분하기도.

아이들의 문법 공부는 끝이 나지 않는다. 다연이가 문제를 낼 테니 알아맞혀 보라면서 부록에 있는 단어 짝을 말하기 시작한다. '되갚음/대갚음, 더욱이/더우기, 멀건히/멀거니, 볼성사납다/볼썽사납다, 새침떼기/새침데기, 쑥맥/숙맥' 등 단어 쌍이 제시될 때마다 어떤 것이 맞는지 논란이 벌어졌다. 자기 답이 맞으면 "아싸!", 틀리면 "아……"라는 감탄사가 이어진다. 명색이 국어 교사인데 틀리면 웬 망신인가 싶어 나는 중립을 지킨다며 지켜만 본다. 시간 가는 줄 모르고 퀴즈를 하다 보니 어느새 모임을 끝내야 할 시간.

"와, 우리말 진짜 어렵다!"

누군가의 말에 격하게 공감하는 아이들. 자리를 정리하는 아이들의 볼이 발그레하다. 방과 후 수업으로 문법 특강을 했다면 이렇게 즐겁게 한바탕 떠들 수 있었을까? 평소 헷갈리는 단어들을 간단명료하게, 혹은 어이없게 설명해서 귀에 쏙쏙 들어오게 해 주는 책 『오빠를 위한 최소한의 맞춤법』은 오빠만이 아닌 언니, 남녀노소 모두를 위한 책이다. 최소한이라고 하기엔 분량이 적지 않지만 이 정도 알아 두면 언제든 든든하겠다. 아이들이 다음 모임 책을 고른다.

"오늘 수고 많았어. 내친김에 다음 주에도 언어 분야로 해 볼래? 이 책 진짜 재밌어 보이는데."

독서동아리 서가에서 『급식체 사전』(광양백운고등학교 1학년 학생들, 학교도서관저널)을 뽑아 들자 아이들은 표지만 보고도 좋아하며 가져간다. 맞춤법이 기성 세대가 만든 규칙이고 관습이라면, 급식체는 십 대가 만든 언어요 요즘 문화다.

맞춤법 공부로 수다삼매경에 빠졌던 아이들이 다음 주엔 자기들의 언어로 얼마나 신나게 이야기를 나눌까? 아, 급식체는 진짜 하나도 모르는데, 괜히 옆에서 자꾸 물었다간 '꼰대' 티 날 것 같다. 책을 빌리는 내 마음도 비장해진다.

열다섯 마음도 알아봐 주세요

_『아홉 살 마음 사전』

점심시간 종이 울리면 도서실로 부지런히 올라간다. 지하 1층 식당에서 5층 도서실까지, 대각선으로 멀기만 했던 동선이 이제는 익숙하다. 계단을 올라가는 걸음도 이전보다 빨라졌다.

도서실 문을 여니 2학년 여학생들, OB팀이 벌써 모임을 시작했다. 웃는 모습이 화사한 영채, 가녀린 체구에 말할 때도 조심스러운 솔빈이, 적극적이고 감정이 풍부한 소민이, 차분하고 배려심 많은 지은이, 얼굴만 봐도 마음이 사르르 녹는 예쁜 아이들이다. 책을 읽고 모임 전에 써 온 기록장도 글씨가 어찌나 반듯하고 정갈한지 사서선생님도 도장을 찍으면서 칭찬하신다. 다른 아이들도 이렇게만 써 오면 얼마나 좋을까? 넷의 기록장을 복사해서 도서실에 붙여 놓자 하니, 쑥스러운 듯 웃는다.

오늘 모임 책은 박성우 시인의 『아홉 살 마음 사전』(창비)이다. 독서동아리 서가에 꽂혀 있을 때, 귀여운 그림과 감정 표현 상황이 재밌어서 눈길이 갔던 책이다. 여학생들이 좋아할 것 같았는데, 역시나! 모두 별점 4~5점을 주었다. '감격스럽다' '걱정스럽다'부터 '후련하다' '훈훈하다' '흐뭇하다'까지 사전처럼 80개의 감정 단어들의 뜻과 상황을 담은 이 책은 초등 저학년용이다. 그림책처럼 누구나 쉽게 읽을 수 있지만, 자신의 감정을 알고 제대로 표현하는 것은 어른에게도 쉬운 일이 아니다.

아이들은 이야기를 나누고 싶은 주제도 다양하게 써 왔다.

'어렸을 때 주로 느낀 감정은 어떤 것이었어?'

'요즘에 느끼는 감정은 어떤 거야?'

'불편하고 무거운 마음이 들 때는 언제였어?'

'이전에 미안한 마음이 든 적이 있다면, 누구에게 어떤 상황이었는지 말해 줄래?'

아이들이 한 명씩 생각해 온 주제를 말할 때마다 "오~!" 하는 감탄사가 나온다. 이 중에서 어떤 주제를 먼저 말해 볼까 설레는 표정. 아이들은 공통적으로 어린 시절을 그리워했다. 초등학교 저학년까지는 아무 생각 없이 밖에서 뛰어놀다가 엄마가 "밥 먹어라"라고 부르면 집으로 갔는데, 그때는 딱히 어떤 감정이랄 게 없이 늘 즐거웠던 것 같은데, 요즘은 굉장히 마음이 복잡하단다. 뭔가 알 수 없는 울적함, 답답함 같은 게 있다고. 친구 관계 때문에, 시험 성적이나 진로 때문에 걱정도 하고, 그 걱정이 또 다른 걱정으로 꼬리에 꼬리를 무는 날은 불안함을 떨치지 못해 우울해진다고. 모두들 공감하면서 비슷한 상태임을 확인한다.

고민이 생기면 누구한테 말을 하는지 물어보니, 소민이는 작년까지만 해도 학교 상담실을 자주 갔는데 요즘은 잘 안 간다고. 다른 친구들에게 말할 때도 있지만, 대부분은 혼자 생각할 때가 많다고 한다. 2학년이 되니 작년보다 훌쩍 컸다. 다른 사람에게 의존하지 않고 스스로 자기 고민을 품고, 해결하려는 모습을 보니 짠하면서 대견하다.

"얘들아, 선생님한테 말 못 하는 거 엄마한테는 하니?"

"아뇨! 엄마한테는 더 못 하죠."

"왜?"

"그냥요. 엄마가 친구랑 통화 길게 하는 거 보고 무슨 일이냐고 물을 때가 있는데, 이걸 어디서부터 어떻게 이야기해야 할지 모르겠더라고요."

아이들은 엄마에겐 말하기가 조심스럽다는 결론이다. 처음부터 자세히 말하려면 너무 길어지고, 그날 상황만 딱 말하기도 애매하고, 엄마가 알게 되면 꼬치꼬치 캐묻고 걱정하니까. 처음엔 엄마 입장에서 서운했지만 돌이켜 보니 나도 중2 때 엄마한테 내 고민을 말하지 않았다. 엄마가 나를 사랑한다는 걸 아는데도 왜 속내를 말하지 못했을까? 돌아보면 당시 엄마의 삶이 너무 팍팍해 보였기 때문인 것 같다. 전업주부로 가정에 충실했지만 아빠에게 인정받지 못하는 엄마를 볼 때면 나까지 짐이 되고 싶지 않다는 생각이 들었다. 어린 내게 가정은 편안한 공간이 아니었다.

어른이 되면 복잡하게 엉키고 꼬였던 마음이 "짜잔!" 하면서 단번에 풀릴 줄 알았는데, 여전히 내 감정을 들여다보는 일은 서툴고 어렵기만 하다. 어쩌다 보니 내 이야기로 빠져 버렸지만, 아이들도 엄마에게 고민을 털어놓지 못하는 이유가 어릴 때의 나와 비슷한 것 같다. 사랑하기에 짐이 되고 싶지 않은 마음. 사랑받기에 상처 주고 싶지 않은 마음. 엄마와 딸의 가깝고도 먼 거리.

아이들과 이야기를 하다 보니 일기장이 떠올랐다. 중·고등학교 시절 나는 사람보다는 일기장에 마음을 털어놓는 게 편했다.

"얘들아, 일기를 써 보는 건 어떨까?"

"아, 안 돼요!"

네 명이 동시에 펄쩍 뛰었다. 이유는 엄마가 일기장을 볼까 봐. 이럴 수가! 엄마한테 일기장을 들킨 적이 있었구나. 꽁꽁 잘 숨기면 아무도 못 찾을 거라고 하면서 다시 일기를 써 볼 것을 권유한다. 글을 쓰면 내가 왜 화가 났는지, 무엇 때문에 우울한지가 객관적으로 보인다. 화가 난 상황을 찬찬히 들여다보면 나를 화나게 하는 건 외부의 누군가가 아니라 바로 나 자신이 그 감정을 선택한 것임을 알게 되니까. 아이들이 눈을 반짝이면서 내 말에 집중하는 바람에 신이 나서 말했는데, 돌아보니 머쓱하다. 이건 거의 득도의 경지, 중학생에겐 무리한 요구다.

마지막으로 누군가에게 미안했던 순간을 말해 보자고 했다. 영채는 친구와 화장실에 갔다가 친구를 기다리지 않고 교실로 먼저 돌아왔던 일을 말했다. 그 일로 친구가 엄청 서운해했는데, 깜빡 잊고 와 버렸던 것이라서 사실대로 말하기도 창피하고 그렇다고 가만히 있자니 나쁜 사람이 되는 것 같아 어떻게 해야 좋을지 모르겠단다. 우린 모두 크게 웃었고, 영채의 얼굴은 붉어졌다.

"나 같아도 진짜 미안했겠다."

"맞아, 그런 일도 있을 수 있지."

누가 먼저랄 것도 없이 영채를 위로해 주는 아이들.

이야기를 나누다 보니 벌써 30분이 지났다. 5교시 수업에 늦을까 급해진 아이들에게 덧붙인다.

"얘들아, 자기 마음 상태를 정확하게 아는 건 아주 중요한 일이야. 불편한 마음이 들 땐 나쁜 감정이라고 외면하지 마. 책에 나온 것처럼 그 감정에 이름을 붙여 봐. 이름을 붙이고 자세히 들여다보면서 내 마음을 알아봐 주는 연습을 하는 거야."

사람은 이성보다는 감정으로 움직인다. 나이가 들수록 나도, 주변 사람들도 이성보다 감정에 이끌려 움직일 때가 많음을 확인한다. 하지만 학교에서는 아이들에게 감정을 누르고 이성적으로, 합리적으로 판단하라고 가르친다. 감정을 알아차리고 다루는 법, 표현하는 법은 가르쳐 주지 않는다. 공부를 잘하는 아이일수록 논리로만 따질 줄 알지 자신의 감정을 드러내는 일, 상대방의 마음을 헤아리는 일은 서툴다. 서운한 일이 있어도 털어놓지 못하고, 잘못한 일이 있어도 미안하다는 말을 못 한다. 감정을 풀지 못하면 관계도 틀어진다.

나 역시 감정에 대해서는 배운 적이 없다. 내 마음은 살피지 않고 남의 눈치를 볼 때가 많다. 엄마가 되고, 교사가 되어서야 감정 다루기의 중요성을 실감한다. 아이의 마음에 공감을 해 주지 못하고 평가와 판단이 앞서는 바람에, 내 감정에 빠져 상대의 이야기를 듣지 못하는 바람에 의도치 않게 상처를 주곤 했다.

오늘 독서 모임을 한 아이들은 열다섯 나이에 자신의 문제를 스스로 해결하려 애쓰고 있었다. 자신의 감정을 꺼내 볼 줄 알고,

친구의 마음도 헤아려 주었다. 아이들에게 말했듯이 나도 내 감정을 살피고 이름 붙여 주는 연습을 해야지. 오늘 영채, 소민이, 지은이, 솔빈이와의 만남은 참 훈훈하고, 흐뭇하고, 뿌듯하고, 행복했다. 아이들도 나만큼이나 정겹고, 후련하고, 유쾌하고, 편안한 시간이었을 거라 믿는다.

소년의 허세? 누구든 허세!

_『허세라서 소년이다』

2019년 우리 학교 자율독서동아리에는 남학생들이 많았다. 1학년은 아홉 팀 중 한 팀만 남학생인데, 2, 3학년은 절반이 남학생이었다. 그 전해 삼분의 일이 남학생일 때도 많다고 생각했는데, 동아리 안에서 '자연 성비'를 맞추는 날이 오다니 놀라운 일이었다. 독서동아리 서가에 150종이 넘는 책이 있지만, 남학생들에게 추천할 만한 책은 많지 않았다. 여학생들에게는 성장소설을 주로 권하는데, 남학생들이 좋아할 책은 어디 없을까 찾던 중, 만난 책이 있었다.

『허세라서 소년이다』(김남훈, 우리학교)를 읽자마자 바로 "이거다!" 싶었다. 물론 이전에도 남학생들에게 추천하는 책이 있긴 했다. 컴퓨터 게임을 좋아하는 두 소년이 프로게이머 연습생이 되면서 일어나는 사건 『보손 게임단』, 축구 선수의 꿈을 가지고 브라질로 축구 유학을 가서 겪는 소년의 이야기 『나는 브라질로 간다』, 친구도 없고 소심했던 아이가 검은 수첩을 주우면서 학교 일짱으로 변신하는 『어느 날, 신이 내게 왔다』 등의 소설에 이어 『허세라서 소년이다』는 남학생 맞춤용 에세이다.

오늘은 마침 '뉴페이스' 팀이 『허세라서 소년이다』를 읽고 이야기를 나누는 날이다. 점심시간에 도서실에 올라가 보니 이미 모임을 시작한 팀들이 보였다. 나는 파란색 표지의 이 책을 보자마자 뉴페이스 팀 옆에 자리를 잡았다. 범수만 책과 기록장을 못 가져왔지만(그래서 음료수를 못 받는 벌칙을 받았지만), 다른 아이들은 책도 잘 읽고 기록장도 잘 써 왔다.

이 책은 '소년의 허세, 소년의 미래, 소년과 일진, 소년의 연애, 소년의 눈물' 등 소제목 15개로 구성되어 있다. 나는 이 책의 유쾌하고도 직설적인 톤이 마음에 들었다. "잘 들어라, 특별히 너한테만 말해 주는 건데……." 동네 형님이 짝다리를 짚고 후미진 골목길에서 후배들 모아 놓고 한 말씀 해 주는 분위기다. 저자는 프로레슬러이자 격투기 해설가라는데, 어쩜 이렇게 글을 맛깔스럽게 잘 썼을까? 소년과는 거리가 먼 내 귀에도 쏙쏙 들어온다.

나는 소년의 '독서'나 '연애'에서 실생활에 유용한 꿀팁이 아이들에게 도움이 되지 싶었는데, 아이들에게 가장 좋았던 부분은 저자가 하반신 마비의 위기를 극복한 장면이란다. 맞다, 경기 중 부상을 당했다가 재활에 성공한 부분은 내게도 강렬했다. 프로레슬러이기 전에 한 인간으로서 두 발로 일어설 수 없다는 인생 최대의 시련이 닥쳤을 때, 그는 포기하지 않았다. 수백 수천 번 방안에서 온몸으로 사투를 벌여 벽의 사면 아랫부분이 머릿기름으로 반들거릴 정도였다니, 그 치열함이 눈에 선하다.

아이들은 '어떻게 이런 상황에서도 포기하지 않을 수 있었을까?' '내가 저자라면 하반신을 쓸 수 없는 상황에서 어떻게 했을까?'를 주제로 이야기를 나누었다. 상상 속에서조차 엄두가 안 나는 상황이라, 각자 힘든 상황에서도 포기하지 않았던 경험이 있는지, 혹은 어려움을 이겨 내고 목표를 이루었던 일을 말해 보기로 했다.

남자아이들답게 범수는 컴퓨터 게임, 나머지 셋은 운동을 예로 들었다. 방과 후 스포츠클럽에서 농구부로 활동하는 준서는 최근 다른 학교와의 경기에서 이겼을 때를, 탁구부 승원이는 학교 대표로 시합에 나가 이를 악물고 뛰어 역전을 했던 기쁨을 말했다. 성준이는 준서와 같이 농구부였는데, 체력단련 훈련이 주어졌을 때 힘들어서 그만하고 싶었지만 정해진 분량을 다 했을 때 엄청 뿌듯했다고 한다.

범수는 처음에 컴퓨터 게임을 말한 것이 아쉬웠는지 친구들의 이야기를 듣고 난 후 수학 성적을 올린 일을 말했다. 학원에서 수학 시험이 어렵기로 소문난 다른 학교 기출 문제를 푸는데 처음엔 50점이 나와서 '난 안되나 보다' 했는데 지금은 80점이 나온다고. 마음잡고 노력한 지 6개월 만에 '하면 된다'는 자신감을 얻었단다. 아이들 한 명 한 명 얼굴이 빛난다.

집에서 아들 말을 들어 봐도 남자아이들에겐 운동과 게임은 필수, 둘 중 하나는 해야 존재감이 있단다. 아이들은 또래 집단에서 살아남기 위해, 숨통을 틔우고 관계를 맺기 위해 운동을 하고 게임을 하는데, 부모의 눈엔 공부만 보인다. 공부에서 받은 스트레스를 게임으로 풀다가, 게임이 좋아지니 공부와 멀어지는 상황도 이해가 된다. 공부에 재미를 붙이기가 쉽지 않은데, 성적 향상의 경험은 얼마나 크고 귀한 자산인지. 운동이든 공부든 노력을 해야 성과가 있고, 성과가 있어야 노력도 하게 되는 법, 그 선순환이 일어나야 언덕길에서 자전거 페달을 밟듯 힘을 낼 수 있다. 아이들에겐 크고 작은 성취가 꼭 필요하다.

아이들의 성공담에 이어 성준이가 준비해 온 이야기 주제를 꺼냈다.

"어떻게 자신의 경험을 이렇게 한 권의 책으로 만들어 낼 수 있었을까?"

"우아, 정말 좋은 질문이야. 요즘은 누구든지 책을 쓸 수 있는 시대거든. 너희도 나중에 책을 쓴다면 어떨 것 같아? 어떤 책을 쓰고 싶어?"

나는 성준이 질문이 좋아서, 아이들의 이야기가 듣고 싶어졌다.

아이들은 어른이 돼서 어릴 때 즐거웠던 추억을 쓰면 재밌을 것 같다고 했다. 수학 성적을 올린 범수는 다른 사람에게 도움이 되는 책을 쓰고 싶고, 그러기 위해선 성공을 한 후에 성공 노하우를 알리는 책을 쓰겠다는 포부를 밝혔다. 나는 물론 사회적, 경제적으로 성공한 후에 쓰는 이야기도 좋지만, 실패한 이야기도 다른 사람들에게 위로와 용기를 줄 수 있다고 했다. 성공한 사람보다는 실패한 사람, 꿈을 이루지 못해도 묵묵히 자신의 삶을 자기만의 속도로 이어 가는 사람들이 더 많으니까.

마침 『담론』(돌베개)을 읽고 있어서 저자인 신영복 선생님의 이야기도 들려주었다. 아이들은 신영복 선생님을 알지 못한다. 좋은 대학을 나와 교수가 되었지만, 젊은 나이에 사상범으로 몰려 감옥에서 20년 옥살이를 했던 삶, 그분의 삶을 세속적인 기준에서 성공이라고 부를 순 없지만 많은 이들에게 이 시대의 어른이자 진정한 스승으로 존경받는다고 말해 주었다.

『담론』은 외롭고 암담한 수감 생활 중에 길어 올린, 인간과 사회에 대한 통찰이 빛나는 책이다. 창살로 들어오는 햇볕 한 줌의 힘, 대가 없이 주어지는 것에 대한 진정한 감사. 내가 감명 깊었던 부분을 말하자 아이들이 진지하게 듣는다. 앗, 이럴 때가 아니다. 5교시 수업을 위해 모임을 끝낼 시간, 다음 주는 시험 직전이라 뉴페이스는 오늘이 1학기 마지막 모임이다. 서둘러 쓴 모임 평가를 보니 모두 별점 5개다.

작년에 다른 팀에서 활동할 때는 준비를 잘 못 해 왔던 준서가 올해는 새사람이 되었다. 구성원이 달라져서 그런 건지, 3학년이 되어서 작년보다 쑥 큰 건지, 동아리 활동에 임하는 자세가 다르다. 올해 처음 동아리를 하는 세 명에 준서가 합류한 팀인데 생각보다 선전하고 있다. 남자아이들 네 명이다 보니 처음엔 토론을 하자고 하면 어색해해서, 이 녀석들도 간식을 먹고 싶어 모였나 의심했는데, 갈수록 책도 잘 읽어 오고 책 대화도 잘 나눈다.

"수고 많았어. 너희가 사서샘과 나에겐 이번 학기 진정한 뉴페이스, 우리 학교 독서동아리의 희망을 보여 주는 뉴페이스야."

자리를 정리하는 아이들에게 칭찬을 듬뿍 해 주니, 다들 우쭐해진 표정이다. 열여섯, 허세를 마음껏 부려도 좋을 나이, 앞으로 어떤 고난이 닥쳐도 오늘 읽은 책의 저자처럼 불굴의 의지로 끝내 그 위기를 극복할 거라는 믿음이 돋는다. 지금 품은 꿈처럼 어른이 되면 각자 자신의 책을 내는 저자가 되기를. 자기만의 기준으로 쌓아 온 성공 노하우를 다른 이들과 기쁘게 나눌 수 있기를. 그렇게 한 명 한 명의 20년 후, 30년 후를 그려 보는 마음은 벅차기만 하다.

난 여학생들과의 수다가 좋은데, 오늘은 뉴페이스 덕분에 '수컷'들과의 만남을 한껏 즐겼다. 허세란 똥폼 잡는 것이라고, 빈 수레가 요란하다고 거부감이 있었는데 모임을 하고 나니 허세도 필요하구나 싶다. 소년만이 아니라 소녀에게도, 청년이든 장년이든 노년이든 나이와 성에 상관없이 부릴 수 있는 허세. 지금의 나를 있는 그대로 인정할 때, 지금까지 살아온 시간을 긍정할 때, 그 당당함과 담담함에서 흘러나오는 게 허세가 아닐까? 아이들 덕분에, 책모임 덕분에 나도 허세 가득해진다. 기분 좋은 금요일 오후다.

우리가 『까대기』를 읽어야 하는 이유

_『까대기』

『저 청소일 하는데요?』를 재밌게 읽고 여기저기 추천을 했다. 자신이 원하는 그림을 그리기 위해 청소일을 하는 작가의 삶이 신선했다. 몇 달 후 다른 학교 국어교사인 친구가 『까대기[*]』(이종철, 보리)가 더 좋다는 메시지를 보내왔다. 다독가인 친구의 추천이기에 책 제목을 메모해 두었는데, 마침 사서선생님도 독서동아리 서가에 이 책을 넣었다. 읽고 싶었던 책을 읽어야 하는 기분 좋은 숙제를 받은 셈이다. 3학년 시험이 얼마 안 남았지만, 남학생 팀에게 이 책을 권했다. 아이들은 만화라는 이유만으로도 반겼다.

---

* 까대기 : 창고나 부두에서 인부들이 쌀가마니 같은 무거운 짐을 갈고리로 찍어 당겨서 어깨에 메고 나르는 일, 또는 그 짐.

나도 주말에 책을 빌려 와서 부지런히 읽었다. 읽다가 먹먹해서, 읽기가 아까워서 여러 번 멈칫했고, 마음에 드는 문장에는 포스트잇을 붙이기도 했다. 아이들은 과연 이 책을 어떻게 읽었을까?

점심을 먹고 도서실에 들어오는 세 명을 보니 그 어느 때보다 반가웠다.

세 명 중에 두 명이 책을 읽어 왔다. 서준이는 책이 너무 좋았다고 한다. 단순히 택배 상하차 알바만이 아니라, 주인공을 둘러싼 사람들의 이야기가 어떤 다큐보다 감동적이었다고. 서준이의 소감을 들으면서 나는 하이파이브라도 하고 싶을 만큼 신이 났다.

"이런 책은 사서 읽어야겠지?"

"네, 책 진짜 좋아요. 저도 나중에 택배 알바 해 보려구요."

의사를 꿈꾸는 서준이, 작년에도 독서동아리를 했지만 올해는 책도 더 열심히 읽고 적극적으로 반응한다. 이렇게 책 이야기를 하면서 눈을 반짝이는 순간이야말로 책을 권하는 내겐 축복의 순간. 다음은 경민이, 책을 다 읽었고 공감도 가지만 택배 알바는 못 하겠단다. 택배 알바가 얼마나 힘든지 책을 통해 알았으니, 못 한다는 말도 이해가 된다.

사실 나도 택배 알바는 엄두도 못 낸다. 택배는 배송도 어렵지만, 까대기 알바는 여자가 거의 없을 정도로 강도 높은 노동이다. 얼마나 힘들면 작업장에서 만난 이들은 서로의 이름을 부르지 않을까? 같이 일하던 동료가 갑자기 다른 곳으로 가도 서운하지 않기 위한 방어기제다. 수십만 개의 택배 물품이 모이고 흩어지는 물류센터에서는 관리자들이 휴대폰과 신분증을 걷어 놓고 일을 시킨다는데, 외국인 노동자가 많단다.

서준이와 경민이가 슬펐던 부분을 찾으려고 책을 뒤적이는데, 우철이는 가만히 있다.

"우철이는 왜? 책을 안 읽어 왔니?"

"저 요즘 하루에 열 시간 공부해요."

"그거랑 책 안 읽은 거랑은 다르지. 이건 만화라서 두 시간이면 다 읽는데. 매일 20분씩만 읽어도 일주일이면 다 읽을 수 있었을 텐데……."

피곤한 듯 가라앉은 목소리로 말하는 아이에게 나도 서운함을 감추지 못한다. 가장 기대했던 녀석이 책도 안 읽어 온데다 이렇게 아무렇지도 않게 말하다니. 우철이는 내 눈치가 보였는지 요즘은 휴대폰도 거의 못 본다는 말을 덧붙인다. 작년 진로독서 시간에 법조계 책을 읽었던 우철이, 요즘 수업 시간에 읽는 책도 『검사내전』인데, 진로를 굳히고 중학교 마지막 시험공부에 전념하나 보다.

한 명이 안 읽었지만 두 명은 읽었으니 모임을 진행했다. 이야기 주제로 '나중에 알바를 하면 어떤 알바를 하고 싶은지'가 나오자 경민이는 편의점 알바를 하고 싶다고 했다. 야간은 주간보다 돈을 좀 더 받을 수 있어 좋다고. 서준이는 내게는 생소한 펫케어 알바를 하고 싶다고 했다. 수능시험이 끝나면 검색어 1위가 '알바'라는데, 아이들은 돈을 벌 생각에 벌써부터 어른이 된 양 들떴다. 그때 미래의 검사님이 한마디 던진다.

"저는 알바 안 할 건데요."

"그럼 학비나 용돈이 부족하면 어떻게 할 거야?"

"장학금 받으면 되죠, 공부 열심히 해서."

"그래, 장학금 받는 것도 좋지. 하지만 알바를 꼭 해야 한다면 뭘 해 보고 싶어?"

"과외요."

할 말을 잃었다. 사실 나도 대학 다닐 때 알바라고는 과외밖에 한 것이 없다. 갑자기 나의 일천한 알바 경험이 부끄러워졌다. 『까대기』만큼은 아니지만 뭐라도 몸을 써서 알바를 한 경험이 있었다면 좋았을걸. 문득 대학 시절 문학교육 시간에 교수님이 하신 말씀이 떠올랐다. 의대생이나 법대생이야말로 문학 작품을 많이 읽어야 한다고, 그들이 전공 책만 읽고 소설 한 권 읽지 않은 채 졸업을 하고, 전문가라며 사회에 나갔을 때 과연 우리 사회에 어떤 일이 벌어질지 생각해 봤냐던 말씀이. 다시 우철이에게 물었다.

"우리가 꼭 돈 때문에 알바를 하지 않더라도 이렇게 고된 노동을 하면서 살아가는 사람들 이야기를 읽어야 하는 이유가 뭘까?"

"네가 커서 검사가 되고, 의사가 된다면 주로 상대하는 사람이 누굴까? 물론 친구나 가족 중에는 몸을 움직여 일하는 사람이 없을 수도 있어. 대학 친구들도 대부분 비슷한 일을 하는 사람들이겠지. 하지만 검사가 법정에서, 의사가 진료실에서 만나는 사람들은 이 책에 나오는 사람들처럼 가난하고 외로운 사람들, 하루 벌어서 하루 먹고 살기도 팍팍한 사람들이 많지 않을까? 그 사람들이 어떤 환경에서 일하는지, 어떤 어려움을 겪는지 모른다면 그들의 마음을 헤아릴 수 있을까? 내 주변에서 그런 사람을 만난 적도, 그런 이야기를 들어 본 적도 없으면, 그냥 일로 만났으니 빨리 처리해야 할 업무로 대하게 될 거야. 그 사람들도 분명 감정이 있고 고통을 느끼며 가족도 있을 텐데 말이야."

내 말이 길어지자 분위기가 숙연해졌다. 이러려고 꺼낸 말은 아닌데. 조금은 가벼운 분위기로 마무리를 하고 싶어서 다른 질문도 했다. 작가의 말을 읽었는지 물어보니, 아이들은 안 읽었단다. 처음에는 까대기 일이 고되다 못해 고통스러웠지만, 작가는 자신이 서울에 올 때 품었던 꿈이 있다. 돈을 벌어 만화를 그리고 싶었고, 택배를 만화로 그리겠다는 목표가 생기면서 어려움을 버텨 냈다. 택배가 무슨 만화가 되겠냐는 사람도 있었지만, 자기 이야기를 실어 달라는 형님들도 있었기에 작품을 완성할 수 있었다. 작가처럼 나도 힘든 일이 있을 때는 무엇을 생각하면서 버티는지, 혹은 어떤 일을 하면 즐겁고 행복한지 말해 보자고 했다.

아이들은 주로 시험 스트레스를 말했고, 시험이 끝나면 뭘 하면서 놀까를 생각하면 기분이 좋아진다고 했다. 힘든 일을 끝내고 후련한 마음으로 미루고 참았던 일, 어쩌면 가장 원초적인 욕구에 충실해질 때 해방감을 느끼게 되는 것은 당연하다. 시험을 열흘 앞두고 열 시간 공부하는 우철이, 형이 고2라서 고등학교를 가면 얼마나 할 게 많은지 아는 경민이, 외동이라 엄마의 기대를 저버리지 않기 위해 꿈을 크게 가진 서준이, 셋 다 아직은 자유로운 중딩이지만 몇 달 후면 고등학생이다. 이들에게 내가 좀 더 낭만적인 꿈이나 고상한 취미생활을 기대한다면 과욕이겠지?

5교시 시작종이 울렸다. 아쉬움과 다행스러움이 교차했다. 시간이 넉넉했다면 아이들은 무슨 이야기를 나눴을까? 나는 아이들에게 무슨 말을 더 했을까? 하다 안 되면 공부 말고도 다른 길을 찾으라고? 너무 스트레스 받지 말고 쉬엄쉬엄하라고? 경쟁할 수밖에 없게 만들어 놓고 경쟁을 안 해도 된다고?

고등학생 아들을 둔 학부모가 되고 보니 그런 말이 얼마나 무책임한지 잘 안다. 어떤 부모를 만나는지에 따라 출발선이 달라질 수밖에 없는 사회, 팍팍한 현실이지만 각자도생이 아니라 같이 도우며 살자는 말을 하고 싶었는데. 미처 하지 못한 말들이 내 안에 갇혀 웅성거린다. 물신주의의 견고한 벽, 옮겨야 할 택배 상자처럼 높은 벽 앞에서 그 벽을 함께 깨자는 작가의 간절함이 나를 밀어낸다.

자리에서 일어나는 아이들에게 『까대기』의 한 구절을 읽어 주었다. 주인공이 친구를 만나서 하는 말, 아이들이 다른 이야기는 잊어버려도 이 구절만은 오래오래 기억해 주었으면 좋겠다.

> "조금 덜 일하고 조금 더 벌어 가면 좋겠다. 아프고 다치면 나가라, 네가 책임져라가 아니라 쉬어라, 걱정 마라 하고 말할 수 있으면 좋겠어. 그냥 그랬으면 좋겠다."(269쪽)

내가 잘 지내야 할 사람은 나야, 나

_『나는 나를 돌봅니다』

독서동아리 아이들과 1박으로 여행을 다녀왔다. 졸업식을 마치고 독서동아리를 3년간 열심히 한 세 명에게 상으로 주는 여행. 우리는 서울 중심가로 나갔다. 태어나서 지금껏 서울 서쪽 끝자락을 벗어날 일이 없었던 아이들은 명동 일대를 돌아보는 것만으로도 한껏 들떴다. 명동성당, 영화 도서관(씨네라이브러리), 남산골 한옥마을, 전태일 기념관 등을 찬찬히 돌아봤다. 영화도 보고, 쇼핑도 하고, 맛집도 가고, 서점에서 책도 사고, 실컷 수다도 떨었다.

1박 2일 모든 순간이 꿈 같았지만, 이번 여행의 꽃은 뭐니 뭐니 해도 심야 북토크! 집을 나선 해방감을 만끽하는 중에도 우리는 책모임을 했다. 실은 내가 좋아하는 책 『나는 나를 돌봅니다』

(박진영, 우리학교)를 독서동아리 3학년들에게 졸업 선물로 주었기에 아이들의 반응이 궁금해서 책모임을 제안했다.

하루 종일 걷다가 숙소에 들어오니 긴장이 풀린다. 거실에서 오손도손 이야기를 나누는 아이들에게 더 늦기 전에 책모임을 하자고 말해 본다. 아이들은 가방에서 책을 꺼내 오고, 내가 먼저 책 소감을 말한다. 표지에는 '십 대를 위한 자기 자비 연습'이라는 부제가 있지만, 이 책은 십 대만을 위한 책이 아니라고, 오랫동안 부모님에게서 심리적 독립을 하지 못했던 나를 돌아보게 한 책이라서 좋았다고. 특히 '화'를 다룬 부분에서 밑줄 친 구절을 읽어 주었다.

> 부모님이 나에게 말도 안 되는 요구를 하고 나에게 상처를 주고서도 전혀 사과하지 않을 때가 있잖아요. 이때 중요한 것은 이 상황이 내 탓이 아니라는 걸 아는 것입니다. 부모님이 내게 그런 행동을 하는 것은 부모님의 문제이지 내 문제가 아니에요. 부모님도 부족함이 많은 인간이기에 양육 방식에 대해 잘못된 생각을 가지고 있을 수 있고, 그건 부모님이 자라 온 환경과 삶의 방식의 문제이지 내가 원인인 것은 아니에요.(33~34쪽)

내가 이 부분을 읽자마자 인이가 눈을 반짝이며 말했다.

"아, 저도 그 부분 말하려고 했는데. 선생님이랑 똑같아서 신기해요."

"진짜? 인이는 왜 이 부분이 좋았는데?"

"얼마 전에 아빠랑 안 좋은 일이 있었는데요. 그때 선생님 생각이 났어요. 선생님도 예전에 아빠를 안 좋아했다고 하셨잖아요. 그럼 나도 그냥 괜찮은 거 아닌가 싶더라고요."

가슴이 출렁, 당황스러움과 다행스러움이 교차한다. 내가 그동안 아버지에 대해서 얼마나 많은 말을 했던가? 중·고등학교 때까지는 꽁꽁 싸 두었던 기억을 이십 대 이후로는 친구나 선후배에게, 그리고 교사가 된 후로는 동료 교사, 심지어 아이들에게도 기회만 되면 자연스럽게 말했다. 특히 독서동아리 모임에서 아이들이 부모님에 대한 서운한 점을 말할 때면 내 어린 시절을 숨기지 않고 털어놓았다.

평소엔 책임감 강한 가장이지만 때때로 불같이 화를 내면서 폭력적으로 돌변했던 아버지. 사실 직접 피해자는 엄마와 오빠였고 나는 목격자였지만 상처는 오래 남았다. 두려움의 대상이던 아버지보다 어쩌면 그 아비규환 속에서 아무것도 할 수 없었던 내가 더 미웠는지도 모른다. 어린 나의 공포와 불안을 다독이기보다는 왜 나는 그렇게 아무것도 하지 못했는지, 왜 부모는 이렇게밖에 살 수 없는지에 대한 원망과 분노가 컸다. 이십 대가 되어서도 아버지가 독립을 허락하지 않아서 유일한 탈출구로 선택한 결혼, 그 물리적 거리가 생긴 후에야 심리적 안전거리도 확보되었다.

이런 내 과거를 아이들에게 말한 날은 마음이 편치 않았다. 아이들에게 왜 이런 쓸데없는 소리를 한 걸까? 여든이 넘은 아버지도 지금은 많이 약해지셨는데, 그리고 그때만큼 미워하지도 않는데. 아직도 내 속엔 흙탕물처럼 감정의 앙금이 남아 있나? 내 딴엔 아이들이 부모에게 불만이 생길 때 충분히 공감한다고, 부모는 자신의 행동이 자식에게 얼마나 큰 영향을 미치는지 모른다는 말을 거들려 했던 건데, 내 얘기를 꺼내면 분위기가 무거워졌다. 괜히 아이들 마음을 불편하게 했구나 싶어 내 마음도 개운치 않았다. 그런데 그날 밤, 인이의 말은 한 줄기 빛처럼 내 귀에 꽂혔다.

'그래, 이 순간을 보려고 그동안 내 안의 그림자를 말했구나. 쓸데없는 넋두리였지만 하길 잘했어. 아이들이 위로를 받는다면, 상처가 약이 된다면 그보다 고마운 일이 어디 있을까?'

나는 인이에게 말했다. 부모님을 이해하려 애쓰지 말라고. 아버지가 하신 말씀이 서운해도, 엄마랑 사이가 좋으면 그것만으로도 감사한 일이라고. 자식은 떠나도 부부는 남는다고. 그러니 이제 홀가분하게 네 인생을 살면 된다고. 어른이 된다는 건 부모님에게 받고 싶은 사랑의 욕구를 덜어 내는 것, 이제 그 사랑을 네가 주면 된다고.

고등학생은 심리적으로 독립할 준비를 하는 적기라며 말을 잇는데, 갑자기 분위기가 이상했다. 고개를 돌려 보니 수이가 소리 없이 울고 있는 것이 아닌가? 두 눈에서 눈물을 서럽게 쏟아내는 수이. 그런 수이를 보며 인이도 눈물을 훔쳤다. 나는 수이의 손을 잡으며 조심스레 물었다.

"수이야, 무슨 일 있었어? 말해 봐, 무슨 일인데?"

"저도 아빠랑 진짜 안 좋은 일이 있었는데, 그때가 생각나서요. 아빠가 화가 나서 제 방으로 막 들어오려고 하는데 너무 무섭고, 도와줄 사람도 없고……. 지금도 아빠랑 둘이 있으면 그날이 생각나요."

"세상에, 그런 일이 있었구나. 정말 무서웠겠다. 나도 그 기분 알아. 그럴 때는 피하는 게 상책이야. 빨리 밖으로 나가든지, 아니면 얼른 방문을 잠그는 수밖에 없어."

"근데 샘, 저희 집은 방문을 못 잠가요. 어렸을 때 장난하다 실수로 문 잠기면 못 연다고 테이프로 붙여 놔서…… 지금도 안에서 잠글 수가 없어요."

이럴 수가! 딸들이 다 커서 중·고등학생인데, 방문을 못 잠그게 하다니. 안타까움과 동시에 학교에선 순둥이인 수이가 집에서는 아빠에게 할 말을 했다니, 신통하기만 하다. 쌓아 두면 나처럼 어른이 돼서까지 아버지를 원망하게 되니, 억울하고 화가 날 때는 그때그때 말하는 게 낫다. 잘한 일이라고 수이를 격려했다.

수이의 이야기에 인이, 윤이도 부모님과 부딪쳤던 일, 부모님이 다투신 바람에 속상했던 일을 말했다. 최근에 부모님에게 받은 스트레스는 모두 공부가 원인이었다. 좋은 성적을 받아도 칭찬에 인색한 아빠, 좀 더 일찍 학원을 보냈더라면 후회하는 엄마, 부모의 불안과 하소연을 들을 때면 아이들은 서운하고 당혹스럽단다. 과거로 돌아갈 수는 없는데, 지금이라도 노력하고 있는 걸 알아주면 좋겠다고, 엄마는 그냥 엄마의 삶을 살면 좋겠다고.

세 명 다 내가 볼 땐 손 갈 데가 없이 예쁜 아이들이다. 친구들과 둥글둥글 잘 지내고, 수업 태도 반듯하고, 맡은 일은 똑 부러지고, 공부도 잘하는데 부모 눈에는 단점만 보이나 보다. 하긴 자식 공부 욕심이 없는 부모는 없겠지. 나도 그 심정 모르는 바 아니기에 내 발이 저려 부모 편도 들어 보고, 서운했던 아이들 마음도 다독인다.

두 마음을 오가다 보니 밤이 깊었다. 자야 할 시간이 넘었는데도 불붙은 대화는 쉽게 꺼지지 않는다. 아이들은 지금의 불안을 개인의 문제가 아닌 사회 문제로 볼 줄도 안다. 물질적으로 풍족하지 않아도 취직 걱정, 집 걱정, 노후 걱정 없이 살아갈 수 있다면, 부모와 자식이 일정 기간이 지나면 각각 경제적으로 독립된 존재로 살아갈 수만 있다면 이렇게까지 공부로 상처를 주고받진 않을 텐데. 앞으론 달라져야지, 달라지겠지? 희망의 불씨를 살리면서 학교 이야기, 친구들 이야기로 화제가 옮겨 간다.

아이들 표정이 밝아지는 걸 보고 먼저 방으로 들어왔다. 거실에서 들려오는 아이들 목소리, 간간이 섞이는 웃음소리를 들으며 잠이 들었다.

다음 날 오후, 햇살을 받으며 청계천 변을 걷고 있는데 수이가 먼저 말을 건다.

"샘, 저 어제 그 얘기 처음으로 했어요. 엄마한테도 말 안 했는데. 말하고 나니까 좀 시원해진 것 같아요."

"진짜? 정말 다행이다! 고등학교 가서도 힘든 일 생기면 언제든 와서 말해. 내가 다 들어줄게. 그리고 엄마한테 나중에라도 방문을 잠글 수 있게 해 달라고 꼭 말씀드렸으면 좋겠어. 엄마 기분 좋을 때 말씀드리면 들어주실 거야."

중1 때 처음 만났던 아이들이 어느덧 열일곱, 부모 앞에서도 마땅히 자신의 생각과 감정을 존중받아야 할 나이다. 『나는 나를 돌봅니다』에는 누군가에게 화가 나거나 두려움을 느끼는 건 그 대상을 피하라고, 나를 보호하라고 알려 주는 '신호'라고 했다. 고등학교 시절, 야간자율학습을 하면서 학교에 있는 게 편했던 것도 나를 보호하기 위한 안전장치였다. 아버지를 피한다고 해서 불효는 아니라고, 이기적이라고 자책할 필요는 없다고, 열일곱 나에게도 말을 건넨다.

책모임을 할 때면 책에 '관한' 이야기도 좋지만, 책을 '통한' 이야기는 더욱 소중하다. 책 속에서 가슴에 닿는 한 단어, 한 문장만 만나도 이야기는 마음 구석구석을 비춰 준다. 어린 시절 가정 불화는 내게 더 이상 부끄러운 일이 아니다. 때로는 '(내가 겪은) 아픔이 (아이들에게) 길이 된다면' 교사로서 이보다 감사한 일은 없다. 아이들이 부모의 약함을 있는 그대로 받아들이려면 시간이 필요하겠지. 그래도 나만큼 오래 걸리진 않을 거다. 여행을 마치고 집으로 가는 아이들의 뒷모습을 본다. 아이들이 부모와 잘 지내는 것보다 자신과 잘 지내는 것이 중요하다는 걸 잊지 말았으면. 가장 오랜 시간, 가장 가까이에서 나를 돌봐야 할 사람은 바로 나니까.

체리, 의자, 먼지의 수수께끼

_『낱말 공장 나라』

독서동아리 서가에는 그림책이 있다. 시험을 앞두고 책 읽을 시간이 없을 때, 두꺼운 책을 읽고 한 걸음 쉬어 가고 싶을 때 아이들은 그림책을 읽는다. 혼자서는 읽지 않을 그림책이 모임에서는 인기다. 읽는 건 금방이지만 생각 거리, 나눌 거리가 풍성한 그림책, 『낱말 공장 나라』(아네스 드 레스트라드, 세용)도 바로 그런 책이다.

돈을 주고 낱말을 사야만 말을 할 수 있는 나라가 있다. 이 '낱말 공장 나라'에서는 거대한 공장에서 쉴 새 없이 낱말을 만들어 낸다. 그러나 비싼 낱말은 부자들만 살 수 있다. 가난한 사람들은 쓰레기통을 뒤져서 낱말을 줍고, 아이들은 잠자리채로 바람에 떠다니는 낱말을 잡는다.

주인공 필레아스도 그렇게 모은 낱말을 아껴 둔다. 사랑하는 소녀 시벨의 생일, 그녀의 집으로 찾아간 필레아스는 선불리 말을 꺼내지 못한다. 마침 부잣집 아들인 오스카의 말이 들린다.

"소중한 시벨, 나는 너를 진심으로 사랑해. 어른이 되면 분명 우리는 결혼하게 될 거야."

계단에 풀이 죽어 앉아 있던 필레아스는 자신이 가진 세 개의 낱말을 풀어 놓는다.

"체리! 먼지! 의자!"

필레아스의 입에서 나온 말은 천천히 시벨을 향해 날아간다. 필레아스의 간절한 마음을 담은 한 단어 한 단어를 시벨은 소중히 감싸 안는다. 둘의 사랑은 해피엔딩. 그림책에도 이런 로맨스가 있다니, 귀엽고도 심오한 책이다.

아이들의 평점은 제각각이다. 제일 낮은 점수를 준 지민이는 2.5점, 이유는 내용이 부실하단다. 이해하기도 어렵고, 뭔가 엉성한 느낌이라고. 가장 높은 점수를 준 도연이는 4.5점, 사랑의 승리. 시벨이 돈 많은 오스카를 택하지 않고 필레아스와 이어진 것이 감동적이라고 한다. 윤채는 돈이면 못할 일이 없는 세상을 비판한 것 같다고, 소연이는 말 한마디가 얼마나 중요한지를 깨달았다고. 4인 4색 소감을 들으니 이후의 대화가 더 기대된다. 나는 지민이에게 내용이 부실하다고 생각하는 이유를 물었다. 그리고 책 내용이 부실한 게 아니라 행간의 여백을, 숨은 의미를 찾지 못해서가 아닐까라고 되물었다.

우리는 그림과 글을 다시 찬찬히 살폈다. 처음에 이해가 안 되었던 것, 혼자 읽을 때는 보지 못했던 것을 찾았다. 거리에 지나가는 사람들을 봐도 가난한 사람은 종이로 만든 옷을 입었고, 부자는 고급스러운 검은색 외투를 입었다. 상점의 간판 중에는 '거친 말'도 있다. '아, 저 말은 화가 나서 욕을 할 때 쓰라는 거구나.' 구겨진 종이 그림도 거친 말과 잘 어울렸다.

체리색 원피스가 화려하게만 보였던 시벨도 다시 보니 필레아스처럼 가난했다. 시벨이 가족들과 수프를 먹는데 그 안에 떠 있는 낱말은 '응' '그래'밖에 없다. 모두 긍정의 대답, 일상을 유지하기 위한 최소한의 말이다. '왜'나 '어떻게'는 비싸서 사지 못한 걸까? 길에서 주운 말, 다른 사람들이 버린 말을 삼키는 시벨의 마음은 어떨까? 그림을 유심히 살피며 이야기를 나누다 보니 나도 혼자 읽을 때는 보지 못한 것들이 보인다. 숨은 그림처럼 하나씩 찾아낼 때마다 반가움과 신기함, 책의 매력에 빠져든다.

하지만 넷이, 아니 나까지 다섯이 머리를 맞대도 끝내 풀리지 않은 의문이 있었다. 필레아스가 시벨에게 선물한 세 개의 단어 '체리, 먼지, 의자'가 무슨 뜻인지, 아무리 생각해도 모르겠다. 필레아스가 시벨을 위해 그 단어를 일부러 수집한 것인지, 혹은 우연히 줍게 된 것인지도 의견이 분분했다. 우연히 주웠다고 해도 잘 간직했다가 시벨에게 말했으니, 깊은 뜻이 있지 않을까? 무슨 의미였을까? '체리'는 시벨이 입은 원피스 색깔이고 '의자'는 두 사람이 쉴 수 있는 안식처라면 '먼지'는 대체 어떤 의미였을까? 앞장에 먼지가 떠다니는 장면이 있었는지, '먼지'라는 단어가 공장에서 나왔는지 꼼꼼히 살펴도 답이 없다. 필레아스를 데려와서 물어보고 싶을 정도로 답답하지만 방법이 없다. 미완의 숙제로 남길 수밖에.

이야기를 하다 보니 시간이 많이 흘렀다. 이제 마지막 주제다.

'책에서처럼 만약 돈이 없는 사람은 말을 할 수 없다면 어떻게 될까?'

이야기를 나누다 보니 이것은 '만약'이 아니라 현재 우리 사회의 모습과 닮았음을 알게 된다. 대화를 나누는 네 명 모두 결혼 상대자를 고를 때 경제력과 학벌이 중요함에 동의했다. 학벌 사회, 많이 배워야 많이 벌 수 있다면, 그 사람의 능력은 결국 그 사람이 가진 언어가 아닐까? 한 사람이 살아오면서 쌓은 지식과 교양, 경험의 총체를 보여 주는 것이 그 사람의 언어일 테니까. 대입이든 취업이든 면접과 자소서가 필수다. 말과 글로 능력을 판단하고 자격을 부여하는 사회, 경제력에 따라 문화적 자원도, 교육의 격차도 점점 더 심하게 벌어지는 요즘, 과연 한 사람이 평생 가질 수 있는 말, 부릴 수 있는 언어의 양이 공평하다고 할 수 있을까? 가난하든 부유하든 공적인 장에서의 발언권이 누구나 같다고 말할 수 있을까?

신비로우면서도 달콤하고, 따뜻하면서도 섬뜩한 이야기 『낱말 공장 나라』, 모임을 마칠 때가 되자 퍼즐 조각들이 얼추 맞춰진 느낌이다. 책을 정리하다 뒤표지에 '사용 연령 4세'라는 작은 글자를 발견한 한 명이 깜짝 놀란다. 내용이 부실하다고 낮은 점수를 줬던 지민이다.

"샘, 꼬마들이 과연 이 책의 심오한 내용을 이해할 수 있을까요?"

"괜찮아, 그림책은 나이에 따라, 보는 사람에 따라 다르니까. 아이는 아이대로, 각자 생각한 만큼 이해해도 될 것 같아. 꼭 한 가지 정답만 있는 건 아니잖아."

지민이 표정이 밝아진다. 아이들은 뒷이야기가 궁금하다며 소설로 나오면 좋겠단다. 네 살 이상이 봐도 되는 그림책, 네다섯 살은 아이들의 호시절이다. 아이들이 돌아가고 싶은 시절을 말할 때 가장 많이 말하는 나이. 공부를 안 해도 되는 시절, 부모님에게 사랑만 받던 시절, 무슨 말을 해도 엄마가 잘 들어주던 시절, 엄마가 읽어 준 그림책이 어렴풋이 생각나는 시절.

2009년에 나왔는데 왜 이제야 알았을까? 『날말 공장 나라』 덕분에 나도 얼마나 부자인지 깨닫는다. 매주 하는 책모임이야말로 아이들과 누리는 푸짐한 잔치다. 음식도 혼자보다 여럿이 먹어야 맛나듯, 『날말 공장 나라』는 함께 읽기의 참맛을 담뿍 담은 책이다.

몇 달 후 『어른의 그림책』(황유진, 메멘토)을 읽다가 그날 아이들과 풀지 못한 숙제를 해결했다.

> "너는 햇빛을 받은 체리처럼 반짝여. 네 마음의 먼지를 내가 다 닦아 주고 싶어. 네가 힘들 때 앉을 수 있는 의자가 되어 줄게."
>
> "너는 체리같이 붉은색이 참 잘 어울려. 먼지 한 점도 네게 가 닿지 않게 해 줄게. 너는 의자에 가만히 앉아만 있어도 돼."(169쪽)

오! 필레아스가 시벨에게 선물한 세 단어 '체리, 먼지, 의자'를 이렇게 매끄럽게 풀어내다니. 저자의 해석에 감탄이 절로 나왔다. 맞아, 필레아스가 시벨에게 자신의 마음을 전한 말인데, 왜 그때는 정답을 찾으려 했을까? 나도, 아이들도 책 속에서만 '먼지'

의 의미를 찾다 보니 답이 나오지 않았다. '체리'는 책에 나온 시벨의 옷 색깔로, '의자'는 둘의 안식처라고 추측했으니, '먼지'도 상상력을 더 넓게 펼쳐 볼걸. 작가님 덕분에 의문이 걷혔다.

얼른 이 부분을 사진을 찍어서 카톡방에 올렸다. 잠시 후 아이들도 아하! 반갑고 신기해했다. 왜 그때는 이 생각을 못했지? 아이들도 나처럼 아쉬워했다. 이 세 단어로 짧은 글짓기를 했다면 아이들은 각자 개성 있고 낭만적인 문장들을 만들었을 텐데. 6개월이 지나서야 황유진 작가님 덕분에 묵은 숙제가 풀렸고 아이들은 이듬해 졸업을 했다. 가난한 소년, 소녀의 마음을 붉게 물들인 체리색 그림책도, 아이들과 둘러앉았던 도서실 의자도, 모임 후 남았던 의문의 먼지마저도 이제는 다 그리운 추억이다.

도서실에서 단호박빵을?

_『딸에게 주는 레시피』

까닭 없이 우울하거나 지치는 날, 책장에서 『딸에게 주는 레시피』(공지영, 한겨레출판)를 꺼내 아무 쪽이나 펼쳐서 읽는다. 위로와 각성을 동시에 얻는 책. 3학년 여학생 네 명이 이 책으로 모임을 한다. 내가 좋아하는 책일수록 아이들이 어떻게 읽었을지 궁금하다. 아이들이 책을 빌려 간 한 주간, 다른 때보다 더 많이 설레며 기다린다.

'체리쉬'는 독서동아리의 맏언니 역할을 톡톡히 하는 팀이다. 1학년 때부터 3년 동안 꾸준히 독서동아리를 한 모범생들. 1학년 때 작가 초대 행사를 준비했던 하경이, 정빈이, 다원이, 그리고 전학 간 한 명의 빈자리를 수빈이가 채웠다. 평소 책을 좋아하는 여학생들이다 보니 책도 잘 읽어 오고, 기록장도 정성껏 써 오고, 화기애애한 분위기로 대화를 나누다 보면 시간 가는 줄 모른다. 월요일마다 사서선생님의 퇴근을 늦어지게 하지만, 사서선생님의 사랑을 듬뿍 받는 그야말로 '체리쉬'한 팀이다. 청소 당번이라 늦는 하경이를 기다리며 수다 꽃을 피우는 아이들에게 내가 먼저 운을 뗀다.

"얘들아, 이 책 어땠어?"

"책 너무 좋았어요. 어디였지? (책을 뒤적이다가) 전 처음부터 울었어요."

다원이의 말에 모두가 "아~~!" 애절함이 흐른다. 나는 이 책이 '좋았다'는 말에, 아이들은 다원이가 '울었다'는 말에 방점을 찍는다. 고등학교 선택을 앞두고 생각이 많았던 다원이, 티는 안 냈지만 속으론 많이 부대꼈나 보다. 울었다는 말에 짠하면서 한편으론 다행이다 싶다. 울고 나서는 후련했을 테니까, 힘든 자신을 알아봐 줄 수 있으니까.

하경이가 와서 본격적인 책모임을 시작한다. 네 아이들 모두 책 평가가 후하다. 중3인데도 이 책이 좋았다니 벌써 인생의 쓴맛을 알아 버렸나, 씁쓸하기도 하다. 조숙한 아이들이니까 그럴 수도 있지. 나랑 책 취향이 같은 체리쉬는 딸 같고, 친구 같다.

요리를 좋아하는 하경이와 수빈이는 간단한 재료로 손쉽게 만들 수 있는 레시피가 있어서 좋았다고 한다. 정빈이는 이 책을 진작에 읽었더라면 자신을 괴롭혔던 일을 좀 더 편하게 대처했을 것 같단다. 알고 보니 같은 반 남학생에게 스트레스를 많이 받고 있었다. 수업 시간에 모둠 활동을 하면서 자꾸 정빈이의 머리를 만지려고 하고, 화장만 하면 예쁠 텐데 왜 하지 않냐는 둥 대놓고 외모 평가를 한단다. 듣고 보니 정빈이에게 나쁜 감정이 있는 건 아닌데, 정빈이가 착하니까 함부로 하는 게 틀림없다. 그 남학생의 별난 성격은 나도 익히 아는 터, 1학년 때는 정말 말도 안 통하는 막무가내였는데 지금은 그나마 나아졌다. 초등학생 때에 비하면 정말 많이 좋아진 거라고 아이들도 입을 모은다. 그런 녀석이 여전히 정빈이에게는 예의 없이 굴다니, 누울 자리를 보고 다리를 뻗는구나 싶어 얄미운 마음이 커진다.

정빈이는 '나의 자존감을 떨어뜨리는 사람이랑은 만나지 말자'는 저자의 말을 좀 더 일찍 알았더라면 좋았겠다고 한다. 나는 그 남학생의 무례함을 참아 준 정빈이가 대견하면서도 앞으로 또 그러면 혼쭐을 내줄 테니 생활자치부에 신고하라고 했다.

아이들은 불편한 아이만이 아니라, 긍정적으로 변한 아이도 말했다. 나도, 아이들도 만장일치로 성호를 꼽았다. 아이들 눈에도 성호는 환골탈태했다. 1학년 때 철없고 부산스러워서 선생님들도 골머리를 앓던 녀석이 3학년이 되니 어찌나 듬직해졌는지 과연 같은 애가 맞나 싶다. 텃밭동아리 선생님은 축제 때 성호가 화덕을 만드는 걸 보고 깜짝 놀랐다고 한다. 선생님들 사이에서만 칭찬이 자자한 줄 알았는데, 여학생들에게도 '사람 됐다'는 말을 듣다니, 성호의 변화야말로 인정. 책 후기를 나누다가 남학생들 이야기로, 미운 녀석 뒷담에서 훌륭해진 아이 덕담으로, 책 대화는 삼천포로 빠졌지만 이 재미에 독서동아리도 하는 거니 좋다 좋아.

책 제목이 '레시피'인 만큼 음식 이야기도 빼놓을 수 없다. 책에 나온 음식 중에서 도전해 볼 요리로 아이들은 시금치샐러드, 애플파이, 꿀바나나를 골랐다. 나도 시금치샐러드에 한 표! 시금치를 날로 먹을 생각을 못 했는데, 얼마 전 학교 근처 파스타 맛집에서 시금치가 한가득 올라간 피자를 먹고 생각이 바뀌었다. 파르메산 치즈가 없어서 아직 못 했는데, 올리브유는 있으니 꼭 해 봐야지.

아이들의 음식 이야기는 쉽게 끝나지 않는다. 하경이는 단호박빵을 좋아해서 여러 번 만들었다고 하고, 다원이도 집에서 애플파이를 실제로 만들어 봤단다. 요리에 소질도, 관심도 없는 나로선 존경스러운 경지다. 집에서 빵을 만들면 주방이 온통 밀가루 범벅이 되지 않나 걱정하니, 작가가 가르쳐 준 대로 비닐봉지에 밀가루와 버터, 설탕을 넣고 조물조물 주무르면 손의 체온으로 재료가 잘 녹는단다. 아, 그런 대목이 책에 있었다고? 난 전혀 읽은 기억이 없는데. 역시 아는 만큼 보인다. 경험자만이 알 수 있는 노하우다.

음식을 만들고 먹었던 경험을 나누다 보니 급기야 먹고 탈이 났던 경험까지 꺼내게 됐다. 내가 2년 전(아이들이 1학년일 때) 민트 초콜릿을 가져와서 나눠 주었는데, 다원이가 그걸 먹고 민트에 알레르기가 있다는 걸 알았다고 해서 깜짝 놀랐다. 그 말을 듣는 순간 어찌나 미안하던지. 대체 민트 초콜릿이 어디에서 났는지 아무리 생각해도 기억에 없다. 집에 와서 곰곰이 생각해 보니 시어머님이 미국 친척 집에 다녀오면서 가져다주신 게 생각났다. 특별한 초콜릿이라 학교 아이들에게 나눠 주었던 건데 이럴 수가. 2년 만에 밝혀진 민트 초콜릿 비화에 가슴이 철렁! 학교에서 아이들이 외부 음식을 먹을 때면 영양선생님이 샘플을 떼어 보관하라고 하는 게 바로 이런 이유 때문임을 알게 되었다.

몸과 마음은 하나다. 책에는 줄곧 마음이 안 좋을 때는 몸을 먼저 살피라는 당부가 나온다. 몸 상태가 안 좋은데 기분이 좋을 리 없고, 마음 상태가 안 좋으면 몸도 따라 처진다.

아이들은 끝으로 '안 좋은 일이 있거나 마음이 힘든 날은 어떻게 하는지?'를 묻는다. 친구랑 카톡을 하는 아이, 노래를 듣는 아이, 실컷 울고 나서 맛있는 것을 먹는 아이. 그중에서도 기분이 안 좋을 때 아빠랑 같이 애견카페에 간다는 다원이는 모두의 부러움을 샀다. 돌이켜 보니 나도 어릴 때는 친구를 만나서 수다를 떨거나 맛있는 것을 먹으면 기분이 좋아졌던 경험이 떠오른다. 아플 때 통증을 느끼는 게 정상이듯, 배고플 때는 시장이 반찬이다. 음식이야말로 일상을 움직이게 하는 기본이자 기쁨이다.

이 책은 독립하는 딸에게 엄마가 주는 선물이다. 스스로 요리를 해서 먹을 수 있도록, 건강을 챙겨 마음도 튼튼하게 해 주는 책이다. 요리에 관심이 없었던 나랑 정빈이는 딸에게 주는 인생 선배로서의 조언이 좋았고, 다른 세 명은 요리와 힐링을 겸하는 책이라 특별했다고.

모임이 끝나자마자 이어지는 서프라이즈! 아이들이 하경이 생일 선물을 꺼낸다. 일요일인 어제가 하경이 생일, 하경이 앞에 아이돌 그룹의 디브이디와 작은 손가방이 놓인다. 하경이는 친구들의 깜짝 선물에 눈물을 글썽이며, 올해 마지막 독서동아리 모임에서는 자신의 특기인 단호박빵을 만들어 주겠다고 약속했다. 가사 실습실을 빌려서 하경이가 만들어 주는 단호박빵을 먹게 되다니, 상상만으로도 달콤한데 들뜬 마음 끝 서운함이 몰려온다. 두 달 후면 졸업이구나. 책으로 함께했던 아이들, 아니 나의 친구들이 떠나는구나.

"체리쉬, 다른 무엇보다도 너 자신을 소중하게 여겨야 해! 그것만은 잊지 말자."

마지막 모임에는 나도 집에 있는 포도주를 가져와야겠다. 하경이가 만들어 주는 단호박빵에 포도주를 곁들여 성찬 예식을 흉내 내고 싶다. 네 이웃을 네 자신과 같이 사랑하라. 예수님 말씀을 떠올려 본다. 누군가를 사랑하기 전에 나를 먼저 사랑하기. 나를 사랑하는 방법을 조곤조곤 들려주는 책 『딸에게 주는 레시피』가 참 좋다.

얘들아, 내 일기 읽고 있니?

-『형, 내 일기 읽고 있어?』

『형, 내 일기 읽고 있어?』(수진 닐슨, 라임)를 사서선생님에게서 추천받은 지 1년이 넘었다. 작가 초대 행사를 하게 된 이후로는 국내 작가의 청소년 소설을 주로 읽다 보니 외국 소설에는 선뜻 손이 안 갔다. 뒤늦게 독서동아리 서가에서 이 책을 발견하고 빌려 갔다가 결국 다른 책들에 밀려 읽지 못했다. 월요일 방과 후에는 3학년 남학생들로 이루어진 팀이 독서 모임을 한다. 그런데 하필이면 『형, 내 일기 읽고 있어?』로 모임을 한다고 한다. 진즉 읽어 둘걸, 후회가 되었다.

토론을 시작하기 전 먼저 책에 대한 평가와 소감을 나누었다. 아이들의 별점은 5점 만점에 3~4점, 가장 후한 점수를 준 도훈이가 말문을 열었다.

"문학은 좋아요. 음…… 문학이니까. 그냥 다 좋아요."

나지막한 목소리로 조심스레 말하는 도훈이. 책의 어떤 점이 좋았는지 이유도 말해 달라고 하자 답을 못 한다. 괜히 물어봤나 미안해진다. 어색한 침묵을 깨뜨리고자 다음 사람에게 순서를 넘겼다. 현식이는 처음 제목만 봤을 땐 이런 내용일 줄 몰랐는데, 다 읽고 나니 죽은 형에게 하는 말인 걸 알고 더욱 뭉클하게 다가왔다고 한다. 유현이와 경호는 책이 잘 읽혔지만 '그 사건'이 무엇인지 빨리 알려 주지 않아서 답답했다고 한다. 전개가 느려 '끄는' 느낌이 들었다고.

사서선생님이 강력 추천했던 책인데 생각보다 평점이 낮다. 내가 책을 읽지 않았으니 아이들의 평가에 덧붙일 말이 없다. 내가 아는 건 학교 폭력의 피해자였던 형이 총기로 가해자를 살해하고 이어 자신도 자살을 했다는 것, 형을 잃은 동생이 일기장에 속마음을 털어놓은 이야기라는 정도이니, 어느 부분에서 끄는 느낌이 들고 느슨한지 알 길이 없다. 이럴 땐 아이들의 평가를 듣고 수긍할 수밖에.

대화 주제는 학교 폭력이다. 경호가 주변에서 학교 폭력을 본 적이 있는지를 묻자 아이들은 최근 SNS상에서 일어났던 폭력 사건을 이야기했다. 노래방에서 중학생이 초등학생을 때린 사건이라는데 나로선 금시초문이다. 그 지역이 우리 동네인지 아닌지, 이어지는 이야기를 들으면서 혹시나 내가 모르는, 우리 학교에서 있었던 폭력 사건이 나올까 봐 긴장이 된다. 다행히 중학교에 와서 아이들이 직접 경험하거나 목격한 사건은 없었다. 인근 학교에서 최근에 남학생들이 장난삼아 커터 칼을 사용했던 것이 문제가 되었다. 유현이는 남자아이들끼리 칼날(심)을 뺀 상태에서 서로 찌르고 죽는 시늉은 평소에도 종종 한다고 말했다. 영화나 게임에서 폭력적인 장면을 많이 봐서 그런가? 모범생 도훈이, 유현이마저도 대수롭지 않게 말하니 조금은 당황스럽다. 다칠 염려가 없는 상태니까 그럴 수도 있겠지. 어릴 때부터 칼이나 총을 장난감으로 갖고 놀던 아이들, 아들의 초등학교 시절이 떠오른다. 나는 여전히 석연치가 않다.

이어서 '학교 폭력 예방법'에 대한 이야기를 나누었다. 아이들이 학교 폭력을 봤을 때 이것이 더 커지기 전에 어떻게 막을 수 있을까에 대해 이야기했다. 한 사건을 보면 주동자와 동조자, 방관자가 있는데, 주동자의 행동을 제지하도록 말을 해 줘야 한다는 의견과, 과연 방관자가 (무리 안에서 '따'를 당할 수도 있는데) 그런 용기를 낼 수 있을까를 놓고 토론을 했다. 이상적으로는 아이들 스스로 상황을 중단시키면 좋겠지만 현실적으로 방관자가 중재자가 되어 해결하는 사례는 드물기 때문이다.

그때 경호가 "선생님한테 알린다"라고 단호하게 말했다. 그래, 내가 생각해도 어른들의 도움을 받는 것이 그나마 최선이지 싶다. 남학생들은 중2만 되어도 부모나 교사에게 학교에서 발생한 문제를 말하지 않으려고 한다. 예전에 3학년 담임을 할 때도 이런 경우를 봤기에, 부모님에게 걱정을 끼쳐드린다는 부담에서 조금은 가벼워졌으면 좋겠다. 어른들에게 알리지 않았다가 나중에 문제가 더 커지는 경우가 있으니까. 여학생에 비해 남학생의 학교 폭력 피해 후유증이 더 오래간다는 말을 들었다. 과한 책임감이나 자존심이 고통을 감추게 해선 안 된다.

마지막 주제는 현식이가 말했다. '사건의 진실은 어떻게 알 수 있는가?' 책에서 헨리의 형이 실은 학교 폭력의 피해자였는데 결과는 총기 살인의 가해자라는 것만 남았다. 총기 사건이 나기 전까지 형이 괴롭힘을 당한 것은 알려지지 않았다. 이처럼 많은 경우에 사람들은 결과만 보는데, 그 사건의 실체, 가려진 진실은 어떻게 알 수 있을까?

아이들은 '그 사건에 대해서 정확히 알기 전까지는 함부로 말하지 않는다' '한 사람의 입장만이 아니라 상대편의 입장도 들어본다'라고 했다. 나는 바로 이런 이유로 언론의 역할이 중요하고, 사회적으로 이슈가 되는 사건의 경우 법의 공정한 심판이 필요하다고 강조했다. 사건의 표면과 이면에 대해서는 장강명의 소설 『그믐, 또는 당신이 세계를 기억하는 방식』도 읽어 보라고 추천했다. 그 밖에 가해자에게 씌워지는 사회적 편견의 부당함, 형이 총기 살인 사건을 저지른 것이 정당화될 수 있는지에 대해서도 의견을 나눴다.

어느새 한 시간이 지나 도서실 문을 닫을 시간이 되었다. 우리는 급하게 모임을 정리했다. 오랜만에 아이들과 많은 이야기를 나누었다는 것에 뿌듯했다. 하지만 집에 와서 뒤늦게 책을 읽고 토론을 되짚어 보면서 책을 읽지 않고 모임에 간 게 후회스러웠다.

『형, 내 일기 읽고 있어?』에는 갑작스레 형을 잃은 가족의 충격과 슬픔, 각자가 감당해야 하는 고통이 절절하게 그려져 있었다. 특히 엄마와 헨리의 대립이 인상적이었는데, 정신과 치료를 받으면서 외가에 머무는 엄마와 엄마가 집으로 빨리 돌아오기를 바라는 헨리, 둘 사이의 대화는 가슴이 저렸다. 형이 아니라 내가 죽었다면, 나에게 하듯 형을 버리지는 않았을 거라는 헨리의 절규는 마치 내가 그 말을 듣는 엄마인 듯 참담했다. 형이 폭력을 당하는 장면을 봤지만 자신은 아무것도 하지 못했다는 자괴감을 딛고, 나중에 친구(팔리)가 학교 폭력의 또 다른 피해자가 되는 것을 막으려고 헨리가 용기를 낸 것도 감동이었다. 이 부분은 『연을 쫓는 아이』에서 주인공 아미르가 어린 시절 자신이 외면한 하산에게 가졌던 마음의 빚을 갚으려, 훗날 벌이는 혈투 장면이 떠오르기도 했다.

책을 읽고 나니 모임을 새로 하고 싶어진다. 이 책의 어떤 점이 좋았는지, 어떤 부분이 아쉬웠는지 다시 묻고 싶어진다. 시간이 걸리더라도 기다려서 아이들 한 명 한 명의 답을 들었어야 했는데. 책을 읽는 동안 나는 작가가 '지루하게 끈다'는 느낌은 전혀 들지 않았다. '그 사건(형의 총기 사건)'은 처음에는 얼핏얼핏 스치듯 언급되지만, 뒤로 가면서 가족들 가슴에 박힌 형형색색의 유리 조각으로 전모가 드러난다.

작품 속에는 형의 사건과 친구(필리)의 사건, 두 번의 폭력 사건이 나온다. 한 번은 피했지만, 두 번 질 수는 없다. 헨리를 변화시킨 힘이 어디에서 나왔는지 아이들에게 묻고 싶다. 학교 폭력에 대한 이야기로만 끝내기엔 헨리를 비롯한 여러 인물들의 성격이 생생하고 입체적이다.

내가 책을 제대로 읽고 아이들을 만났더라면 얼마나 좋았을까? 인물의 상황과 감정에 집중해서 더 깊이 있는 이야기를 나눌 수 있었을 텐데. 피해자인 동시에 가해자인 한 소년의 죽음과 남겨진 이들의 고통에 공감하면서, 헨리네 가족의 안과 밖을 살필

수 있었을 텐데.

그러나 지난 시간을 되돌릴 수는 없다. 소설에서 형의 죽음을 되돌리지 못하듯, 떠나간 아이들을 다시 불러 모을 수는 없다. 독서동아리 모임 전 아이들만 준비가 필요한 게 아니라, 교사 역시 준비를 해야 함을 뼈저리게 깨닫는다. 책이 좋은 만큼 아쉬움이 크다. 내 방 책장에 꽂힌 『형, 내 일기 읽고 있어?』를 볼 때마다 헨리처럼 나도 묻게 된다.

'얘들아, 내 일기 읽고 있니?'

죽음이 궁금한 사람 다 모여라

_『고양이로부터 내 시체를 지키는 방법』

한 청소년 문화단체에서 책을 신청하면 보내 주는 이벤트가 열렸다. 독서동아리 서가에도 책이 많지만, 아이들에게 책 선물을 줄 이번 기회를 놓칠 순 없었다. 평소 소설을 많이 보는 편이니 비문학에서 고르다 눈에 띈 책은 『고양이로부터 내 시체를 지키는 방법』(케이틀린 도티, 사계절). '죽음과 시체에 관한 기상천외한 질문과 과학적 답변'이라니 아이들과 읽어 보고 싶은 마음 한편으로 중1에게 괜찮을지, 내가 읽지 않은 책을 아이들에게 줘도 될지 망설여졌다. 인터넷 서점에서 독자 평점, 출판사, 저자의 명성을 믿고 신청했고, 운 좋게 책을 받아 보니 발랄한 표지에 내용도 술술 읽혔다. 죽음에 관한 다양한 질문에 명확하게, 때론 유머러스하게 풀어내는 작가의 필력(입담)에 감탄이 나왔다.

아이들도 재밌게 읽었다. 평소 두려워했던 죽음에 대해 구체적으로 알 수 있었단다. 제목부터 흥미로웠는데 기대보다 더 좋은 책이었다니 이렇게 기쁠 수가! 내가 어느 대목이 인상 깊었냐고 물으니 죽음에 대해 새롭게 알게 된 사실이 많아 한 장면만을 고르기 어렵다고 했다.

서윤이는 시신 전시회를 보고 자기 시신을 기부하려는 사람들이 많다는 사실에 충격을 받았다고 했고, 가희는 우주에서 죽으면 어떻게 되는지를 알려 주는 부분이 인상 깊었다고 했으며, 현진이는 (선사 시대 곤충처럼) 시신을 호박에 보존할 수 있는지, 있다 해도 DNA는 복제할 수 없다는 걸 알게 된 게 좋았다고 했다. 나는 시신 훼손 금지법이 생기기 전에 있었던 사건을 말했다. 19세기 멕시코에서 털 과다증이 있는 한 여성이 사망한 후에 남편이 그 시신을 박제해서 순회 전시를 했다니, 상상만으로도 충격과 공포다. 지금은 법으로 금지되었으니 천만다행이다.

저자 케이틀린 도티는 장례지도사다. 아이들은 이 직업을 책에서 처음 알았다고 했다. 나는 전에 TV에서 장례지도학과 대학생들 다큐를 보고, 장례지도사가 어떤 일을 하는지 조금은 알고 있었다. 하지만 장례지도사라고 해서 이 저자처럼 죽음과 시체에 대해 해박한 지식을 갖고 있지는 못할 터, 이 책은 기획 단계에서 아이들의 질문을 모았다는데, 거침없는 질문에 명쾌하게 답하는 저자가 존경스럽기만 하다.

우리는 먼저 저자를 만난다면 어떤 질문을 할까를 주제로 이야기를 나누었다.

"저는 시신이 우주선에서 지구 대기권으로 떨어진다면 어떻게 될지를 묻고 싶어요. 시신에 어떤 변화가 생길지요."

가희의 질문은 참신하나 당황스럽다. 시신이 우주선에서 떨어져 대기권을 통과하는 데 시간이 얼마나 걸리지? 기온은? 압력은? 과학 지식이 짧아 정답을 모르니 상상으로만 추측한다. 불에 타지 않을까 짐작하면서, 얼른 다음으로 패스! 서윤이, 현진이, 내 순서로 말한다.

"장례지도사를 하면서 힘든 일은 무엇인가 하는 거예요. 비행기 안에서도 우는 아기보다 시신 옆에 앉겠다는 말에서 뭔가 짠한 마음이 들었어요."

"처음에 장례지도사를 했을 때 어땠는지 궁금해요. 계속할 만했는지. 나라면 힘들어서 그만뒀을 것 같아서요."

"저자는 그동안 많은 사람들의 장례를 치렀는데, 정작 자신이 죽는다면 어떤 방식의 장례를 치르고 싶은가?"

아이들은 마지막 내 질문에 눈을 반짝였다. 이건 함께 답해 보기로 하고, 나부터 시작한다.

"난 수목장이야. 예전에 첫 담임을 했던 제자가 대학에 입학한 지 얼마 안 되어 세상을 떠났어. 난 부모님이 살아 계셔서 처음으로 장례식장부터 화장장, 수목장까지 모든 과정을 보게 되었는데…… 화장이 끝나고 마지막 수목장을 할 때 만져 보았던 뼛가루의 따뜻한 감촉이 지금도 생생해. 나무 아래 흙에 뼛가루를 넣으면서 이제는 편히 쉬길 기도했었는데……."

목이 메어 자꾸만 말이 끊겼다. 아, 왜 내가 먼저 말을 꺼냈을까? 아이들은 말이 없다. 점심시간이라 점점 더 북적이는 도서실, 눈물을 찍어 내며 어색한 미소로 분위기를 수습한다. 아이들이 말해 주길 기다리자, 자연스레 답변을 이어 간다.

"저는 시신을 땅에 묻어서 자연으로 돌아가게 하고 싶어요. 흙으로 덮고 그 위에는 나뭇잎을 뿌리는 거죠."

"저는 화장을 한 후에 산이나 바다에 뿌렸으면 좋겠어요. 아, 아무 데나 못 뿌리나요? 바다나 산에 뿌릴 수 없다면 수목장이 좋을 것 같아요."

"저도 수목장이요! 답답하게 유골함에 갇혀 있는 것보다는 나무 아래에 있는 게 좋아요."

나 때문인지 대세는 수목장이 되었다. 죽음을 준비하는 대화를 나누고 있자니, 아이들이 훌쩍 커서 고등학생, 아니 성인이 된

듯 친구처럼 느껴진다. 그래, 자연에서 왔으니 자연으로 돌아가는 게 순리겠지. 언젠가는 맞이할 그날, 그때는 아무도 모르는 게 맞는데 우린 왜 이렇게 천년만년 살 듯 욕심을 부리는지. 그런데 잠깐, 지금 내가 열네 살 아이들과 이런 이야기를 해도 괜찮은 건가?

"얘들아, 집에 가서는 이런 말 하지 마. 엄마한테 저 죽으면 수목장 할래요, 이럼 얼마나 놀라시겠어? 독서동아리에서 이상한 얘기나 듣고 다닌다고 싫어하실 것 같아."

아이들은 웃으며 고개를 끄덕인다. 시간이 없어서 한 가지 질문만 더 하고 끝내기로 한다. 죽음 하면 떠오르는 이미지, 색이나 물건은 무엇인가? 서윤이와 가희는 흰색, 나와 현진이는 검은색, 2대 2로 나뉘었다. 나는 흰색과 검은색 모두 죽음을 떠올린다고 보고 평소 더 좋아하는 색으로 말했는데, 아이들은 제각기 이유가 달랐다. 현진이는 죽음에 대한 두려움과 미지의 세계라는 의미로 검은색을, 서윤이는 새로운 출발과 '리셋'의 의미로 흰색을 말했다.

"죽음으로 지금 당장 떠나는 건 슬프지만, 그만큼 새로운 시작이라는 생각도 들어요. 지금 일어나고 있는 종교, 인종, 장애 등으로 인한 차별이나 범죄가 다 없어지고 백지인 상태로, 하얀색으로 다시 태어나는 기분이 들 것 같아요."

아, 서윤이는 어떻게 죽음을 새로운 시작이라고 생각했을까?

기독교인인 나도 죽으면 끝이라고 여기고 그 이후에 대한 생각을 안 했는데, 그래, 죽음 이후를 모르긴 해도 그때는 어떤 고통도 불행도 차별도 없는 새로운 세상이 열릴 것 같다.

서윤이의 말을 듣고 있자니 문득 노란색, 세월호의 노란 리본도 떠올랐다. 사랑하는 이와 생이별을 한 사람들에게 죽음은 리셋이 맞는 것 같다. 사무치게 그리운 이를 만날 희망으로, 다시는 헤어지지 않을 그날을 기다리는 사람들에겐 죽음이야말로 지금의 고통을 끝내는 새로운 시작일 테니까.

벌써 15년 전이다. 첫 담임이었던 제자를, 열다섯에서 스무살의 청년으로 다시 만나 영영 이별한 것이. 마지막 순간에 사랑한다, 고마웠다는 말을 하지 못하고 떠나보낸 것이 아직도 뼈아픈 후회로 남는다. 오늘 모임에서 갑자기 눈물을 보인 게 민망하고 미안하지만, 아이들의 따뜻한 눈빛과 순간의 정적은 큰 위로가 되었다. 아이들에게 고맙다고 말하고 헤어졌다. 집에 와서도 카톡으로 사랑한다는 말을 전한다. 온라인으로만 동아리 모임을 하다가 (책을 보내 준 단체에 대화 기록을 보내야 해서) 처음으로 모여 이야기를 나눴는데, 안 했으면 어쩔 뻔했나 싶다. 올해 독서동아리 모임 중에 가장 뜨겁고, 행복한 순간이었다. 지금까지 죽음에 대한 두려움을 덜어 준 책으로 소설 『푸른 하늘 저편』을 추천했는데, 이제 비문학으로는 『고양이로부터 내 시체를 지키는 방법』을 권해야겠다.

모임을 끝내고 나니 '우리가 죽음을 즐거운 일로 만들 수는 없지만, 죽음이 무엇인지 배우는 과정은 즐거운 일로 만들 수 있다'는 저자의 말에 공감이 간다. 죽음에 대해 평소 궁금했던 것은 물론, 생각하지 못한 것까지 알게 된 아이들이 전보다 한결 편안하고 의젓해 보이는 건 내 느낌 탓일까? 함께 읽고 이야기를 나눌수록 죽음에 대한 두려움은 작아진다. 호기심과 불안은 일상의 생기로 전환된다. 삶의 다른 끝자락을 죽음이 잡고 있다. 그 둘이 힘주어 잡은 손을 놓지 않기에, 우린 오늘도 팽팽한 하루를 맞이한다.

그런 일들을 하면서 내가 깨달은 것 중 하나는 죽음은 우리 모두에게 찾아온다는 거야. 아무도 피하지 못해. 그러니 죽음을 똑바로 바라보는 편이 더 나아. 약속할게. 그리 나쁘지 않아.(6쪽)

독서동아리 어떻게 시작할까?
- 질문과 대답

2016년 봄, 우연한 기회에 독서동아리를 시작하게 되었다. 중3 아이들 6명이 자발적으로 책모임을 하고 있는데, 내게 와 달라고 요청한 것. 가벼운 마음으로 가서 이야기를 나누고 책 추천을 하다 보니 할 만하다 싶었다. 본격적인 자율동아리로서 기틀을 갖추고, 체계적인 운영을 하기까지는 사서선생님의 역할이 매우 컸다. 나는 새 학기에 동아리 홍보를 할 때, 모임이 시작되면 책 대화에 끼어서 즐겁게 수다를 떠는 것으로 내 역할을 했다.

자율독서동아리는 함께 읽는 즐거움을 누리게 할 뿐 아니라, 질문하고 소통하고 공감하는 능력을 키워 준다. "얘들아, 독서동아리 한번 해 볼래?" 손은 교사가 내밀지만, 팀을 꾸리고 모임을 지속해 나가는 건 아이들이다. 독서동아리를 시작할 때 참고할 점을 질문과 대답 형식으로 정리해 보았다.

Q1 : 독서동아리를 홍보할 때 어떻게 하면 좋을까요?

처음 시작할 때는 독서동아리를 하면 좋은 점을 강조합니다. 혼자서는 안 읽는 책을 친구랑 독서동아리를 하면서 읽으면 1년에 20권 이상 읽는다, 모임 전에 간단히 쓴 기록장으로 생기부 독서기록도 써 준다, 모임을 하다 보면 책 이야기만이 아니라 고민도 말하면서 우정도 돈독해진다, 마지막으로 모임할 때 간식도 준다고 하면 관심을 보이는 아이들이 생깁니다. 처음부터 공개 모집이 부담스러우면 수업을 하다가 책을 좋아하는 아이들에게 개인적으로 권해서, 한두 팀이라도 시작해 보길 바랍니다.

Q2 : 한 팀의 인원은 몇 명, 팀은 어떻게 짜나요?

한 팀은 3~4명으로 아이들이 원하는 친구들과 팀을 짜 오도록 했습니다. 본교 도서실 독서동아리용 서가에 복본이 4권씩 있다는 것이 가장 큰 이유였는데, 중학생들은 한자리에 둘러앉아 이야기를 나눌 때 5명 이상이면 집중력이 떨어지기도 해서 4명으로 인원 제한을 했습니다. 빠지는 학생 없이 모두가 책을 잘 읽어 오고, 성실하게 활동한다면 3명도 괜찮습니다.

Q3 : 팀 내에서 아이들의 읽기 수준이 차이가 나도 모임이 가능할까요?

2, 3학년은 읽기 수준이나 성향이 비슷한 아이들이 모이는데, 1학년은 (학기 초에 모집을 하다 보니) 초등학교 때 친했던 아이들끼리 팀을 짜서, 읽기 능력에 차이가 나는 경우가 있었습니다. 책을 끝까지 읽어 오지 못한 아이 입장에서는 친구들 이야기를 듣는 것만으로도 도움이 됩니다. 4명이 팀일 때는 1명으로 인해 다른 아이들이 큰 스트레스를 받지 않는다면 문제는 없습니다. 다만 3명인 팀에서 1명이 책을 안 읽어 오거나 대화에 끼지 못하면, 둘이서 지속하기엔 어려움이 있지요. 자율동아리이니 아이들 스스로 그 친구를 어떻게 도울지, 이대로 계속할지, 다른 친구를 충원할지 등 해결책을 모색하고 결정하게 합니다.

Q4 : 아이들이 모임 전 준비는 어떻게 하나요?

모임 전에는 책을 읽고 기록장을 간단히 써 오도록 했는데, 쓰기가 많이 부담된다면 기록장이 필수는 아닙니다. 하지만 초기에 제가 아이들을 모아서 기록장을 쓰지 않고 모임을 했을 때와 공개 모집 후 사서선생님이 기록장 양식을 만들어 써 오게 한 후 모임을 했을 때, 대화의 질은 엄청난 차이가 났습니다. 책을 읽고 자기 생각을 정리해 오면 이야기를 나눌 때 도움이 된다는 점을 강조해서 짧게라도 책 후기(별점과 이유), 친구들과 이야기를 나누고 싶은 질문을 써 오게 하는 게 좋습니다. 특히 질문 만들기는 연습을 하면 할수록 늘기 때문에, 정답을 맞히는 퀴즈가 아닌 생각을 나눌 수 있는 열린 질문을 만들어 와야 합니다. 책에서 인상적인 구절이나 작가가 하고 싶은 말(주제)은 아이들이 자주 하는 질문, 이 외에도 다른 친구와 겹치지 않도록 1인당 질문 두 가지는 꼭 만들어 오도록 합니다.

Q5 : 모임에서 책 대화가 잘 안 될 때는 어떻게 하나요?

모임이 잘 되려면 대화 주제, 즉 질문이 중요합니다. 대화가 잘 안 되는 팀은 아이들이 준비해 온 질문을 살펴볼 필요가 있습니다. 뻔한 답이 예상된다면 질문을 바꿔 주거나 교사가 추가 질문을 하는 게 좋습니다. 이때 책의 핵심적인 내용과 관련된 질문을 하려면 교사도 책을 읽어야 가능하겠죠. 책을 읽지 못했다면, 내용을 요약해서 말해 달라고 하고 책에서 공감되는 부분 혹은 마음에 들지 않은 부분, 책을 읽고 나서 주제와 관련해서 변화된 생각, 책 속의 사건이 우리 현실에서 일어나는 경우 등 질문을 던지면서 이야기를 나눠 보게 합니다.

한편, 교사가 살펴보기도 전에 토론이 다 끝나서 할 말이 없다는 팀에는 오늘 모임에서 나눈 대화 중에서 어떤 이야기가 좋았는지, 다른 친구가 한 말 중 기억에 남는 것은 무엇이었는지 물어봅니다. 중요한 질문이 빠졌으면 추가로 묻기도 하고요. 책 대화는 모임의 꽃, 책에 관한 이야기를 나누면서 즐거움과 뿌듯함을 느껴야 모임에 탄력이 붙습니다. 독서동아리는 책만 읽는 게 아니라, 친구의 말에 관심을 갖고 질문과 답을 주고받아야 활기찹니다. 책 대화가 안 되는 팀일수록 교사가 함께하면서 세심한 도움, 즉 질문 만들기와 대화 방식에 예시와 모범을 보여 줄 필요가 있습니다.

Q6 : 독서동아리를 할 때 가장 어려운 점은 무엇인가요?

아이들 사이에 갈등이 생기면 활동을 지속하기 어렵습니다. 팀이 꾸려지고 활동을 시작하기 전, 두 가지 원칙을 강조합니다. 첫째는 상호 존중, 장난으로라도 상대를 무시하거나 공격하는 말 하지 않기, 경청하고 공감하기. 둘째는 성실한 참여, 결석이나 지각 하지 않기, 부득이한 사정이 생길 때는 미리 연락하기. 이 외에도 아이들 스스로 모임에서 필요한 규칙을 정해서 시작 전에 팀원들이 같이 각오를 다지는 시간을 갖는 것이 좋습니다.

자율동아리 활동은 교사가 보는 것과 아이들이 느끼는 것이 다를 수 있습니다. 모임에서 나누는 대화의 양적, 질적 수준이 교사 눈에는 아쉽더라도 아이들이 만족스러워하면 격려하고 기다려 줄 필요가 있습니다. 궁극적으로는 '자율' 동아리지만, 교사가 매번 모임에 참석하지 못해도 출결 상황을 챙기고 활동에 어려움이 있거나 의논할 일이 있을 때는 도움을 청하라고 말하면 아이들도 든든함을 느낍니다.

Q7 : 책은 각자 준비하나요? 어떤 책을 읽나요?

독서동아리를 시작할 때 가장 중요한 것은 책입니다. 팀별로 같이 읽을 책을 아이들이 각자 준비해 오긴 어렵지요. 본교 도서실에는 독서동아리 전용 서가에 복본이 넉넉히 준비되어 있는데(2021년 3월 기준, 233종 932권) 모두 사서선생님의 헌신적인 수고 덕분입니다. 이 중에는 가볍게 읽을 수 있는 그림책, 만화책부터 깊이 있게 읽을 수 있는 비문학까지 다양한 책이 있고, 아이들이 좋아하는 소설도 많습니다.

000번부터 900번까지 빠짐없이 마련된 독서동아리용 책들 덕분에 아이들은 편식하지 않고 책을 읽을 수 있습니다. 1년이 지나고 활동 평가를 할 때, 친구들 덕분에 300번대 책을 읽었다, 혼자라면 읽지 않았을 책인데 독서동아리 덕분에 읽어서 좋았다는 말을 하는 아이들을 보면 흐뭇합니다. 독서동아리의 곳간을 든든히 채워 주신 사서선생님께 깊이 감사드리며, 독서동아리 학생들이 좋아했던 책을 추천해 봅니다.

1. 『검은 바다』(문영숙, 문학동네)
강제 징용에 끌려갔던 소년들의 혹독하고 처참한 시간을 그려 냈다. 아픈 역사를 생생하게 느끼게 하는 동화. 위안부의 아픔을 그린 『그래도 나는 피었습니다』와 같은 작가.

2. 『보손 게임단』(김남중, 사계절)
프로게이머 연습생이 된 두 소년, 게임 속 전투기 조종사가 되어 신나게 폭탄을 떨어뜨리는데, 게임 속에 숨겨진 비밀이 드러난다. 먼 미래가 아닌 지금도 일어날 수 있는 일.

3. 『아몬드』(손원평, 창비)
감정을 느끼지 못하는 주인공 '윤재' 앞에 분노의 화신 '곤이'가 나타난다. 둘은 서로를 이해할 수 있을까? 감정이 버거워 차라리 감정이 없었으면 할 때, 읽고 나누기 좋은 책.

4. 『회색 인간』(김동식, 요다)
작가가 10년 동안 공장 노동자로 일하면서 쓴 소설들. 극단적인 상황 속 인간의 이기적인 본성에 예리한 비판을 가한다. 상식과 통념을 깨뜨리는 새로움에 아이들 반응도 뜨겁다.

5. 『아침을 볼 때마다 당신을 떠올릴 거야』(조수경, 한겨레출판)
안락사가 합법화된 가까운 미래, 마음의 상처를 안고 살아가던 주인공은 안락사를 위한 센터로 들어가, 그곳에 모인 사람들의 사연을 알게 된다. 과연 죽음만이 최선일까?

6. 『5월 18일, 맑음』(임광호 외, 창비)
1980년 5월 18일부터 열흘간 항쟁의 기록. 518의 역사적 배경은 물론 세계 각국의 민주화 사례까지 쉽고 친절하게 소개한다. 아이들은 이 책을 읽고 광주를 직접 가 보고 싶어 한다.

7. 『1등에게 박수 치는 게 왜 놀랄 일일까?』(오찬호, 나무를심는사람들)
저자는 청소년들에게 '투덜이'가 되자고 한다. 당연하게 여긴 것들, 학교와 사회에서 일어나는 일들을 다시 보자. 정의로운 사회를 만들기 위한 첫걸음을 질문으로 시작하는 책.

3장

책
그게 뭐라고!

책 그게 뭐라고!
아이들에게 대놓고 말은 못 해도,
그렇게 생각한다.
세상에 책이 다가 아니라고,
책보다 중한 게 많다고.

인생에서 세 번 읽는 그림책

10년 만에 이사를 했다. 책을 많이 버렸지만, 그림책은 쉽게 버리지 못했다. 그림책 한 권 한 권마다 아이들의 어릴 적 목소리가 담겨 있었기 때문이다. 아이가 좋아하는 그림책은 읽고 또 읽어도 질리지 않았다. 직장을 다녀와 정신없이 저녁 준비를 하고 먹고, 치우고, 씻기고, 청소기를 돌리고, 이부자리를 펴고 하루를 접을 때면 아이는 거실 책장에서 그림책을 가져왔다. 방문을 열고 나가는 아이의 뒷모습을 보면서 부디 조금만 가져오길, 얼마나 간절히 바랐던가. 그때를 생각하면 지금도 미안한 마음이다.

그림책이나 동화 속에는 다양한 등장인물이 나온다. 큰애가 어린이집에 가지고 가서 읽었던 『그래도 엄마는 너를 사랑한단다』에 나오는 상상력이 풍부한 돼지 올리비아, 학교에 들어가기 전에 읽고 또 읽었던 『우리 선생님이 최고야!』에 나오는 멋쟁이 꼬마 생쥐 릴리, 그리고 앤서니 브라운의 그림책에 나오는 고릴라는 지금도 우리 가족 같다.

아이는 초등학교에 들어가 『책 먹는 여우』 『치과 의사 드소토 선생님』 등을 읽고, 어느 날 내게 물었다.

"엄마, 우리 동네 치과에는 어떤 동물 선생님이 계실까?"

이 말을 들은 동화작가 후배는 딸아이가 사랑스럽다고 감탄했다. 나는 3학년씩이나 돼서 이런 질문을 하는 딸이, 과연 사람 구실은 할 수 있을지 한숨이 나왔다.

순하고 겁이 많은 딸은 책을 좋아했다. 『밤티마을 큰돌이네 집』 『나의 린드그렌 선생님』을 읽고, 나를 따라 이금이 작가, 유은실 작가의 팬이 됐다. 청소년 소설도 잘 읽어서, 학생들에게 읽힐까 말까 고민되는 책은 딸에게 먼저 읽혔다. 딸이 읽는 책을 내가 읽고, 내가 읽는 책을 딸이 읽으며 앞서거니 뒤서거니 하면서 세월이 흘렀다.

대학생이 된 지금은 친구처럼 같이 읽는다. 김애란, 최은영 작가의 신간은 서로 먼저 읽겠다고 한다. 내가 읽으려고 사 온 신형철의 에세이가 없어져서 찾다 보면 딸의 책상 위에서 발견한다. 그 옆에 있는 엄기호의 책을 내가 가져오기도 한다. 책이 어떤가 물어보면 '좋다'는 한마디로 끝내는 딸에게 서운하지만, 표지만 보고 내가 하는 말만 듣고 다 읽은 양 배가 부른 아들보다는 낫다. 하긴 내 책 이야기를 들어주는 것만도 어딘가 싶다. 저녁 식탁에서 아들은 늘 감탄한다.

"엄마, 진짜 대단해. 아까 나한테 말한 거 토씨 하나 안 틀리고 누나한테 말하네."

"응, 이제 두 번째잖아. 학교에선 열다섯 번 똑같이 말할 때도 있어."

집의 아이들이 자라면서 그림책과는 천천히 멀어졌다. 학교에서 아이들에게 읽힐 동화나 청소년 소설은 꾸준히 관심을 갖고 보지만, 그림책은 손이 잘 안 갔다. 그러다가 작년에 사서선생님의 추천으로 요시타케 신스케를 알게 되었다. 요시타케 신스케의 『이게 정말 나일까?』(주니어김영사)를 보는 순간 다시 그림책의 매력에 빠졌다.

주인공 꼬마는 엄마의 심부름을 대신 시키기 위해서 용돈을 털어 로봇을 장만한다. 로봇은 자기가 주인 행세를 하려면 주인에 대해서 알아야 한다며 이것저것 묻는다. 이름, 가족 관계, 취미 등 내가 누군지를 로봇에게 말해 줘야 하는 주인공, 갑작스레 나는 누군지, 내가 정말 나인지 고민이 깊어진다. 과연 로봇은 주인공을 대신해서, 주인공인 척에 성공해서 엄마의 심부름을 해낼 수 있을까? 귀여운 그림체와 나름 진지하게 고민하는 아이의 모습에 웃음이 난다.

하지만 책장을 넘길수록 이 질문이 쉽지 않다는 걸 알게 된다. 내가 누구일까? 나를 설명하려고 사용한 단어가 정말 나인지 아닌지 구별해야 한다. 많은 사람들이 세상의 잣대에 맞춰서 부, 명예, 권력을 추구하다가 어느 날 문득, 알을 깨듯이 자기가 누군지 묻는다. 진짜 자기 삶을 찾고자 할 때 가장 먼저 던지는 질문, 피할 수 없는 끝이자 시작이다.

독서동아리를 할 때도 이 책은 인기가 좋다. 서로 친하다고 생각한 아이들이, 책으로 처음 만나 자기소개를 할 때도 좋다. 내가 누구라는 걸 설명하기 위해서 고민하는 모습을 보는 것만으로도, 친구의 말에 '네가 진짜?'라며 호기심 어린 표정을 짓는 것만으로도 아이들은 한 뼘 더 가까워진다. 둘러앉은 친구들과의 거리도, 자신과의 거리도. 아이들만이 아니라 어른이 읽어도 좋다. 내가 누군인지는 나이를 먹는다고 쉽게 답할 수 있는 질문이 아니니까. 쉽게 나온 답은 자신에게 솔직하지 못해서, 혹은 더 자세히 들여다보기 불편해서 일단 가져온 답일 수도 있으니까.

이 책 외에도 『결국 못 하고 끝난 일』(온다)은 요시타케 신스케가 어떤 사람인지 자세히 알려 준다. 키가 크고 몸집도 크지만 소심하고 겁이 많다. 헌혈을 하지 못하고, 치과에 가지 못하고, 구멍 난 양말을 버리지 못하고, 가게 주인과 친해지지 못한다. 사십 대 남성임에도 컴퓨터를 잘 다루지 못하고, 장거리 여행을 못 하고, 식사를 천천히 하지 못하고, 무관심한 척하지 못한다. 회전초밥집에 가서도 먹고 싶은 메뉴를 말하지 못해서 자기 앞에 지나가는 초밥만 묵묵히 먹는 모습, 비염이 심해 무인도에서도 오른쪽에는 화장지를, 왼쪽에는 야자 열매로 만든 휴지통을 나란히 놓고 있는 모습, 유연성이 없어 책상다리를 못 하고, 청승맞은 여인네처럼 다리를 모으고 어정쩡하게 앉은 뒷모습은 우습고도 슬프다.

작가는 사람들이 자신이 할 수 없는 것을 인정할 때 서로 협력한다고, 덕분에 '사람은 이어져 있을 수 있다'고 말한다. 서로의 부족함이 필요가 되는 순간을 놓치지 말자고 조용하지만 단호하게 호소한다. 책은 "당신이 결국 못 하고 끝난 일은 뭐죠?"라는 질문으로 끝난다.

나는 처음 책 표지에서 이 질문을 봤을 때는 살아오면서 끝내지 못한 일, 무능과 미완, 인정하고 싶지 않은 지난 일들이 떠올랐다. 하지만 읽고 나니 작가가 사십 대 후반이 되도록 '결국 못 하고 끝난 일'은 내게도 위로가 되었다. 그래, 결국 못 하고 끝나는

구나, 못 할 수 있지만 그걸 인정할 수 있구나, 그 일이 이렇게 만화의 소재로 다정하게 쓰일 수도 있구나. 작가의 고백은 비슷한 경험을 가진 이들의 마음을 안으로 품어 주고, 밖으로 묶어 준다.

그림책은 인생에서 세 번 읽는 책이라고 한다. 어릴 때는 부모가, 어른이 되면 내 아이에게, 할머니가 되면 손주에게 읽어 주는 책. 비록 내 부모님은 어린 시절 그림책을 읽어 주시지 못했지만, 내 아이들에게처럼 훗날 찾아올 아이들에게도 그림책을 읽어 주고 싶다. 요시타케 신스케의 그림책은 어른에게 아이를, 아이에게 어른을 이해하게 한다. 함께 질문을 던지고 답을 찾게 한다. 공감과 위로는 덤이다.

아들의 픽!
『맨발의 겐』

"엄마, 비국민이 뭐야?"

"비국민? 그런 말 없어. 빨리 와서 밥 먹어."

"있는데. 책에 나왔어."

"국민이 아니라 비국민? 엄마는 처음 듣는데, 어떤 책에서 봤어?"

아들이 저녁밥 먹는 것도 잊은 채 뭘 그리 열심히 읽나 했더니 『맨발의 겐』(나카자와 케이지, 아름드리미디어)이라는 만화책이었다. 아니, 이 책을 어떻게 알고 읽었지? 외부 단체에서 학급문고 용도로 보내줬는데, 난 만화에 전혀 관심이 없어서 학생들에게 권할 생각이 없었다. 교무실에 두기도 마땅치 않아 집에 가져와 방구석에 쌓아 두었는데 초등학교 2학년 아들이 읽을 줄이야.

그 시절 아들은 학교가 끝나면 현관문 안으로 가방만 던져 넣고 동네를 누비며 놀았다. 저녁밥을 먹을 때가 돼서야 꼬질꼬질한 행색으로 들어와 씻고, 먹고, 숙제하기 바빴다. 내가 재밌는 책이라고 호들갑을 떨면서 읽어 주지 않는 한 스스로 책을 찾아 읽지 않는 녀석이 하필이면 이 책을. 그림책과 동화가 꽤 있었는데 왜 이 책에 손이 갔을까?

나중에 어떻게 이 책을 읽었냐고 아들에게 물어보니 이유는 간단했다. 비밀의 책인가 싶어서 읽었다고. 대체 무슨 책이길래 엄마도 안 읽고 우리에게 읽으라는 말도 안 하고 저렇게 쌓아 두기만 하나 이상해서 읽었단다. 읽으라는 책은 안 읽고, 안 읽어도 되는 책은 읽고, 역시 자식은 내 맘과 다르다.

나는 '비국민'이라는 단어를 확인하기 위해 저녁상을 물리자마자 책을 펼쳤다. 애가 뭘 잘못 본 거겠지, 하면서 읽기 시작했는데 1권 앞부분에 '비국민'이라는 단어가 나왔다. 우리가 쓰는 표현으로는 '매국노'라고 해야 할까? 주인공 겐의 아버지는 조선인 이웃을 두둔한다는 이유로 동네에서 '비국민'이라고 따돌림을 당한다. 아들의 질문에 대한 답을 찾으려 읽기 시작했지만 읽을수록 흥미진진했다. 2차 세계대전 막바지, 미국의 원자폭탄으로 일본이 패망한 것은 알았지만 당시 원폭 피해 참상이 이 정도인 줄은 몰랐다. 일제강점기의 만행이 워낙 강하게 인식되어, 내 안에는 반일 감정이 뿌리 깊었다. 역사 인식도 얕은 수준이고, 딱히 일본에 관심도 없던 터라 일본은 가해자, 우리는 피해자라는 이분법적 틀에 갇혀 있었다.

『맨발의 겐』은 그런 나를 히로시마 한복판으로 데려갔다. 전쟁의 책임은 군국주의 지배층에게 있지만, 원폭의 끔찍한 피해는 국민들 몫이었다. 그 불구덩이 생지옥에서 살아남아 희망을 일구어 가는 소년 겐의 이야기는 바로 작가 자신의 경험담이기에 그 어떤 영화나 소설보다 충격이고 감동이었다.

나는 이 책을 단숨에 읽고 학교로 가져갔다. 소설만 추천하던 내가 만화를 들고 다니며 소개하니 아이들 눈이 휘둥그레졌다. 이미 역사교사모임에서도 추천하고, 반전 반핵 평화 주제로 널리 알려진 책의 뒷북을 치는 셈인데 이제라도 알리는 게 어딘가 싶었다. 교육적 가치는 물론 정보와 재미와 감동의 삼박자가 맞아떨어진 작품, 다만 10권 전집이다 보니 선불리 손을 대기가 어려웠다. 하지만 한번 읽기 시작하면 멈출 수 없기에 나는 주로 수업시간에 읽어야 할 책을 다 읽고 시간이 남는 아이들, 혹은 시험이 끝나고 도서실에서 자유롭게 책을 읽을 때 권했다. 남학생들은 빨려들 듯이 1권을 읽고 도서실을 나갈 때 2, 3권도 빌렸다. 요즘은 『까대기』 『저 청소일 하는데요?』 『열세 살의 여름』 『연의 편지』 『나는 죽는 것보다 살찌는 게 무서웠다』 등 추천할 만화책이 많지만, 만화에 문외한이던 그때는 『맨발의 겐』이 유일한 무기였다.

이 책 덕분에 만화의 매력에 빠진 나는 타니구치 지로도 알게 되었고 강풀, 최규석 작가의 작품도 읽었다. 타니구치 지로의 『열네 살』은 남학생, 여학생 할 것 없이 좋아했고, 강풀 작가의 만화는 이미 읽은 아이들이 많았다. 2018년에는 『슬램덩크』가 20년 만에 돌아와 인기를 끌었지만, 나는 내가 읽고 좋았던 만화를 권했다. 덧붙여 소박한 바람은 중학생쯤 되면 이제 『마법 천자문』과 『그리스 로마 신화』에서 벗어났으면 했던 것.

소설이나 동화를 고를 때도 취향이 매우 중요하다. 책이야말로 음식이나 영화 못지않게 개인의 취향에 좌우된다. 생활 속의 경험, 관심이 모여 배경지식이 되고 책에 대한 선호도를 형성한다. 난이도를 보면 동화는 초등용, 청소년 소설은 중학생용이지만, 청소년 소설을 못 읽는다고 바로 동화를 읽게 할 것도 아니다. 학기 초에 『5번 레인』은 끝까지 못 읽던 다연이는 『조선가인살롱』에 푹 빠졌다. 『5번 레인』이 초등학교 6학년 이야기라 중1 아이들, 특히 책 읽기 싫어하는 아이들이 좋아할 거라 생각했는데 다연이의 관심은 수영보다는 화장! 자신의 관심사에 맞으니 글밥이 많아도 『조선가인살롱』을 재밌게 읽었다. 몇 년 전 『플라스틱 빔보』도 아이들이 잘 읽었는데, 우리 사회의 이슈인 외모 지상주의 문제를 아이들 눈높이에 맞게 써 주신 작가님에게 감사하다.

책 읽기를 싫어하는 아이일수록 그 아이가 어떤 분야에 관심이 있는지를 알아야 한다. 책이 재미없다는 아이에게는 예전에 읽은 책 중에서 좋았던 책이 있었는지, 없다면 지금 무슨 과목을 좋아하는지, 취미는 무엇인지 등을 물어보고 조금이라도 흥미를 갖는 분야와 연결시켜야 한다.

다연이가 책 읽기를 버거워한다고 생각해서 2학기에는 만화책 모둠으로 보냈다. 1학기에 글밥이 많은 『조선가인살롱』을 재밌게 읽었다는 사실을 까맣게 잊은 채 말이다. 그런데 3차시가 되도록 책 진도가 나가지 않았다. 아차! 싶었다. 노동보다는 외모를 주제로 한 『나는 예쁘지 않습니다』를 읽게 할걸. 책에 흥미가 없는 아이일수록 책 선택의 자유를 주는 게 도움이 안 된다. 친구 따라, 혹은 무조건 얇은 책을 골라 쉽게 가려 할 때, 교사는 아이가 이전에 읽었던 책(에 대한 반응)을 보고 선택해 주는 게 필요하다. 아이의 흥미에 따른 수평적(주제별) 이동이, 읽기 능력에 따른 수직적(학년별, 난이도별) 이동보다 우선 고려되어야 한다. 좋아하는 것에 대한 이야기는 길어져도 참을 만하다.

다시 『맨발의 겐』 이야기로 돌아가서, 아들은 겐이 화가의 꿈을 품고서 기차를 타고 도시로 떠나는 마지막 장면을 생생히 기억한다. 오랫동안 겐의 다음 행보를 궁금해하던 아들은 작가의 부고를 듣고 나서야 속편에 대한 기대를 접었다. 지금 다시 생각해도 『맨발의 겐』이 초등학교 2학년 아이가 좋아할 만한 책은 아니었다. 우리 집에 만화책이 한 권도 없었고, 장난감 총을 메고 동네방네 뛰어다니며 전쟁놀이에 열을 올릴 때라 타이밍이 맞았을 뿐이다.

아들이 읽지 않았다면, '비국민'이라는 단어를 묻지 않았다면, 나도 이 책을 만나기까지 몇 년이 더 걸렸을지, 어쩌면 아직도 겐을 몰랐을지 모른다. 동화를 읽어 주면 마지막엔 꼭 이게 진짜냐고 물어 김을 빼던 녀석, 나와는 책 취향이 다른 아들 덕분에 나를 만난 남학생들도 이 책을 읽을 수 있었다.

올해도 학급문고에 『맨발의 겐』을 넣었다. 5권까지만 넣고 잘 읽으면 더 넣으려고 한다. 학기 초 상담을 하다 한 아이에게 권하니 1학년 때 읽었다고, 내가 권해서 읽었다는데 까맣게 잊고 또 권했다. 읽을 만한 아이들은 1학년 때 읽어서 관심이 없나 서운했는데, 중간고사를 앞두고 과학을 잘하는 승우가 꽂혔다. 쉬는 시간 휑한 교실에 혼자 앉아 문제집 위에 『맨발의 겐』 2권을 펼치고 홀린 듯 읽고 있다.

"조금만 읽고, 시험 끝나면 또 읽어. 샘이 10권까지 다 갖고 있어."

"진짜요?"

승우의 반짝이는 눈이 꼭 '비국민'을 묻던 내 아들의 눈빛 같다.

책 그게 뭐라고!

운동장에서 들리는 음악 소리에 발길이 창가로 향한다. 한참을 내려다보고 있는데 옆자리 선생님이 말을 거신다.

"샘, 진짜 재밌게 보네."

"아, 애들 춤추는 게 너무 귀여워서요. 얼마나 열심히 하는지 몰라요. 저는 재네들이랑 3년째니까 다 아는 애들이라서요!"

"원래 춤을 좋아하는 거 아니야?"

"아니에요! 저 몸치예요. 학교 다닐 때도 체육 제일 못했구요, 명상센터 같은 데 가서도 춤추라고 하면 바로 도망 나와요."

"나도 예전에는 저런 춤은 관광버스 아줌마들이나 추는 거라고 민망하게 여겼는데, 지금은 안 그래. 샘도 춤 관심 있으면 한번 배워 봐!"

3학년 아이들이 체육시간에 커버 댄스 연습을 한다. 대여섯 명이 한 팀을 이루어 노래에 맞춰서 춤을 추는 것. 유튜브를 보면서 따라 하는데 수업 시간에 팀별 연습을 할 때마다 내가 있는 교무실 복도로 온다. 복도 벽에 거울이 있으니 연습 장소로 명당. 수업이 빈 시간 일 좀 하려면 음악이 들린다. 처음엔 거슬렸지만 이젠 적응이 됐다. 평소 음악을 안 들으니 춤곡으로 쓰이는 노래가 다 생소하다. 유일하게 아는 노래는 소방차의 〈어젯밤 이야기〉, 아는 곡이 나오니 들어줄 만하다. 팀별로 춤 선생은 여학생, 열심히 연습 중인 아이들에게 지나다가 말을 건넨다.

"너희 춤 연습 잘하네. 난 이 노래가 제일 좋아. 아는 게 이것뿐이라."

"샘, 이 노래 좋아하세요? 연배가 좀 있으시네요."

앗, 노래 하나로 나이가 탄로 나다니. 요즘 아이들이 이 노래를 어찌 아나 싶어 찾아보니 신세대 가수 아이유가 리메이크를 했다. 아이들은 아이유 버전이 아닌 소방차 원곡으로 연습을 한다. 하도 들어서 혼자 있는 시간이면, 특히 출퇴근길엔 환청처럼 맴돈다.

"어젯밤에 난 네가 미워졌어. 어젯밤에 난 네가 싫어졌어. 빙글빙글 돌아가는 불빛들을 바라보며 나 혼자 가슴 아팠어……."

노래의 중독성은 강하다. 하루는 집에 와서 이 노래를 틀어 놓으니 평소 노래를 안 듣는 엄마가 웬일인가 싶어 아들도 신기해 한다. 집안일을 할 때 노동요로 듣기도 한다.

나는 평소 국어선생이 되길 잘했다고 생각했다. 아이들의 글에서 마음속 깊은 이야기를 듣게 될 때, 혹은 그 아이만의 개성과 감성이 반짝이는 문장을 만나게 될 때 가슴이 벅차다. 기차역에서 쏟아져 나오는 한 무리 군중처럼 엉겨 붙어 있던 커다란 덩어리에서 아이들 한 명 한 명이 분화된다. 얼굴과 몸통이 돋고, 팔과 다리가 가지처럼 뻗어 나온다. 무채색에서 컬러로 표정이 생기면서, 내 앞으로 성큼성큼 다가온다. 아이들의 글을 통해 개별성을 확인하는 나는 영락없는 국어선생, 옛 제자를 만나도 이름과 동시에 그 애가 썼던 글이 생각난다.

수업 중에도 주로 말로 수업을 하니, 나의 시선은 아이들의 얼굴을 본다. 도서실에 앉아 책을 읽을 때도 아이들의 상체만 본다. 춤을 추는 아이들을 볼 때면 내가 평소 아이들의 몸 전체, 서 있거나 움직이는 모습은 관찰할 기회가 없었음을 깨닫는다.

리듬감 있게 흔드는 엉덩이, 뒤꿈치를 바닥에 붙이고 팽그르르 도는 몸통, 허공을 향해 내지르는 팔과 앉았다가 튕기듯 일어나는 다리, 재빨리 한 바퀴를 돌 때 머리부터 발끝까지의 볼륨감, 그물에서 펄떡이는 물고기처럼 아이들의 몸은 싱그럽고 기운차다.

책을 읽을 때면 자꾸만 운동장을 내다보는 아이, 도서실에 오면 만화책만 보겠다고 고집을 부리는 아이, 작년에 결석이 많아서 유예가 될까 걱정했던 아이, 친구들과 소통이 어려워 혼자 다니는 아이가 춤을 출 때만큼은 하나다. 엇박자가 나도 친구들과 호흡을 맞추려고 부지런히 따라간다. 날렵하고 유연한 동작, 엉거주춤 어정쩡한 동작, 각각의 몸짓이 이룬 합은 그 자체로 예술이다.

2층 창가에서 넋 놓고 내려다보다가 제자리로 돌아오는 아이와 눈이 마주쳤다.

"샘, 수업 없어요?"

"응. 너희 너무 잘한다."

"아니에요, 완전 망했어요."

녀석들은 뭐만 하면 망했단다. 욕심이 많기도 하지, 저 정도면 잘했지 얼마나 더 잘하고 싶어서? 나도 중학교 때 친구들과 저렇게 춤을 춰 봤다면 지금쯤 춤 좀 추는 사람이 됐을까? 최소한 거부감은 덜했겠지? 육체보다 정신의 우월함을 믿고 살아왔다. 몸을 쓰는 일보다는 머리를 쓰는 일의 효율성만을 좇고 성취감을 구했던 나를 돌아본다. 축제 때 아이들의 춤 공연을 보거나 구기대회에서 치열한 승부를 다투는 모습을 보면 몸으로 뿜어내는 아이들의 에너지에 절로 감탄하게 된다.

그런데 어떻게 저 통통 튀는 몸으로 꼼짝 않고 앉아 책을 읽었지? 내가 책을 억지로 읽게 한 건 아닐까? 아이들의 하반신은 투명 포승줄로 의자에 꽁꽁 묶어 놓고 입에는 보이지 않는 재갈을 물린 느낌이다. 다른 고문보다 책 고문은 의미 있다고 믿지만, 내가 체육을 싫어하듯이 책을 싫어하는 아이도 분명 있을 텐데, 아무 말 없이 따라 준 아이들이 고맙다.

기회가 된다면 도서관 한쪽에 헬스장 자전거라도 가져다 놓고 싶다. 졸린 아이들, 운동을 좋아하는 아이들은 자전거를 타면서 책을 읽게 하면 어떨까 상상해 본다. 그러다 문득, 예전에 들었던 말이 떠오른다.

"난 아침 독서는 안 해. 아이들이 아침에 헐레벌떡 학교에 오면 얼마나 정신이 없는데. 자리에 앉으면 한숨 돌리고 친구 얼굴도 보고, 어제 무슨 일이 있었는지 말을 해야지. 어떻게 아침부터 입 다물고 책에 코를 박으라고 하냐고. 아침 독서는 너무 비인간적이야."

10년 전 같은 학년 담임을 했던 동료 교사의 말은 구구절절 옳았다. 어떤 담임보다도 아이들을 살뜰히 챙기고 열정적으로 수업을 했고, 업무에 서툰 나를 옆에서 친절히 도와준 능력자였다. 맞아, 아이들은 이미 공부에 지쳤는데, 아침 10분마저도 친구랑 떠들지 말고 책을 보라는 건 너무 가혹하다. 아침 독서를 하면 쉬는 시간에도 책을 읽는다고 믿었는데, 실은 쉬는 시간에 책을 읽는 아이는 친구보다 책이 좋은 아이다.

그해 우리 반에는 늘 책을 읽는 여학생이 있었다. 다른 아이들은 책을 읽는 아이를 방해하지 않으려 말 붙이기를 꺼렸다. 중1이면 새로운 환경을 탐색하면서 관계를 맺을 때다. 친구보다 책이 좋아 책만 읽는 아이는 어떻게 해야 할까? 책을 덮고 친구를 사귀라고 해야 하나? 혹시나 이전 관계에 트라우마가 있어서 사람보다 안전한 책과 친구가 된 건 아닐까?

아이를 볼 때마다 고민이 많았던 나는 이후로 (공부나 독서보다) 아이들끼리 잘 지내는 걸 담임 소원 일순위로 둔다. 아이가 학급에서 무난하게 지낼 수 있었던 것은 우리 반 여학생들 덕분이다. 조용히 책만 읽던 아이가 다른 아이들 옆에서 웃고 있는 모습을 볼 때면 얼마나 기쁘고 반갑던지. 교사가 할 수 없는 일을 해 준 아이들, 혼자 있는 친구에게 손을 먼저 내미는 마음보다 귀한 것은 없다. 그 마음을 배우자고 책을 읽는 것인데…….

인류가 책을 읽기 시작한 역사는 매우 짧다. 앉아서 읽기보다는 나가서 뛰어노는, 사냥을 하는 시간이 길었기에 독서는 쉽지 않다. 아이들이 책을 덜 읽거나 혹은 안 읽을지라도 몸과 마음이 건강한 사람이 되었으면 좋겠다. 몸을 활기차고 절도 있게, 마음을 따뜻하고 정직하게 쓰는 사람이 된다면, 책 그게 뭐라고! 아이들에게 대놓고 말은 못 해도, 그렇게 생각한다. 세상에 책이 다가 아니라고, 책보다 중한 게 많다고.

당신이 반짝이던 순간, 아이들이 빛나는 순간

홀랜드 직업 유형에 따라 진로도서 목록을 만든 건 2017년 여름이다. 2학기에 비문학 도서를 읽는데, 단순히 지식을 주는 책보다는 학생 개개인의 관심사에 맞는 책을 추천해야겠다고 생각했다. 그때 떠오른 것이 홀랜드 직업 유형 검사였다. 1학년 진로 시간에 홀랜드 직업 유형 검사를 하는데, 검사 결과에 따라 각자의 진로 유형을 알고 있으니 그에 맞는 책을 추천하면 되는 것. 중학생에게 필요한 진로 교육은 직업 교육이 아니다. 특정 직업을 얻기 위한 구체적인 정보보다는 직업인으로서 삶의 경험을 들어 보는 의미가 더 크다.

처음엔 진로 멘토를 통해 아이들의 직업 선택에 도움을 주고 싶었는데, 책을 읽고 고르면서 아이들이 유심히 봤으면 하는 것이 생겼다. 일하는 삶은 녹록지 않다. 육체 노동, 정신 노동 쉽사리 가르지만 몸과 마음을 하나만 쓰는 일도 없다. 좋아하는 일을 한다 해도 불안과 위기가, 지치고 포기하고 싶은 순간이 온다. 그럼에도 그 일을 계속하는 이유, 그만두지 않게 하는 힘은 무엇일까?

『당신이 반짝이던 순간』(이진순, 문학동네)에서 이국종 교수는 자신의 건강을 잃어 가면서도 타인의 생명을 살리는 일에 열정을 다한다. 투철한 신념을 가지고 옳은 일을 하지만 '독불장군'이라 불리는 그에게 저자(인터뷰어)는 묻는다. 지금까지 이 일을 하면서 얻은 게 무엇이냐고.

> (잠시 침묵) 동료들이요. 좋은 사람들이에요. 약간 제정신들이 아니죠. 바보처럼 순박하고 사심 없는 사람들…….
>
> 그는 줄줄이 고마운 사람들 이름을 대기 시작했다. 집에도 못 가고 환자한테만 매달려 온 중증외상센터 전문의 정경원 선생, 캐나다에서 더 좋은 조건으로 일할 기회도 팽개치고 고락을 함께해 온 간호사 김지영 선생, 위험한 일에 두말없이 앞장서는 소방헬기 파일럿들. 이성호, 이세형, 이인붕, 박정혁, 석회성 기장…….
>
> 이국종은 클립으로 곱게 묶어 놓은 그들의 사진을 보여 주었다. 연구실 간이침

상 곁에 두었다가 무력감이 들고 막막할 때 그 사진들을 한 장 한 장 들여다본다고 했다.(55쪽)

결국 사람이었다. 돈도 명예도 아닌, 함께하는 동료들이 있기에 바보같이 꿋꿋이 제 길을 갈 수 있었다. 그 길을 가는 사람은 이국종 교수만이 아니다. 우리 사회 곳곳에는 이처럼 진정성을 가지고 성실히 일하지만 합당한 대우를 받지 못하는 이들이 많다. 경제적인 대가는 물론 인간적인 대접도 받지 못하는 사람들. 택배기사(『까대기』), 청소 노동자(『저 청소일 하는데요?』), 콜센터 상담원(『콜센터 상담원, 주운 씨』), 홈리스 잡지 판매원(『오늘, 내일, 모레 정도의 삶』), 누드 모델(『나는 누드모델입니다』) 등 그동안 목소리를 내지 않던 이들의 이야기에는 힘이 있다. 직업으로 뭉뚱그려지던 집단이 아닌, 한 사람의 목소리가 책을 통해 또렷이 들려올 때, 그도 나와 다르지 않음을 깨닫게 된다. 일로 차별받지 않는 사회를 만들기 위해, 일로 가려진 누군가를 온전히 만나기 위해 아이들이 더욱 다양한 일에 종사하는 분들의 이야기를 들어 봤으면 좋겠다.

좋은 책은 말을 하고 싶게 한다. 익숙한 삶에 질문을 던지고, 무심했던 사회 문제를 일깨운다. 이제껏 몰랐던 것, 못 봤던 것을 보게 만든 책은 친구와 대화를 나누기도, 서평을 쓰기도 좋다. 책

한 권을 끝까지 읽은 것만도 훌륭한데 글까지 쓰게 하는 이유는 단 하나, 아이들에게 말할 기회를 주기 위해서다. 4시간 이상 입을 굳게 닫고 (엄청난 인내심을 발휘해) 저자의 말을 들었으니, 이제 아이들에게 마이크를 넘겨 본다. 책이 좋았는지, 어떤 점이 마음에 들었는지, 혹은 불편했는지를 글로 써 보자고 한다. 말은 날아가니 글로 남겨 보자고, 대단한 발견이나 결심이 아닌 사소한 느낌이어도 좋다고. 책을 읽으면서 타인을 보고, 글을 쓰면서 나를 본다. 『당신이 반짝이던 순간』은 책만큼 아이들의 글도 좋다. 해마다 받은 서평 중에서 기억에 남는 글이 있다.

나는 어렸을 때부터 부모님이나 친척들에게 사교성이 좋고 착한 아이라는 얘기를 자주 들었다. 화가 날 때는 무작정 소리부터 지르지 말고 차분하게 말해야 하며, 친구들과의 다툼은 좋지 않다고 배웠다. 그렇게 배웠기 때문에 친구들과 싸울 때도 항상 내가 참았고 혹 나에게 불이익이 있어도 군소리하지 않았다.
하지만 6학년 때부터 사춘기를 겪으면서 성격은 전보다 소심해졌고, 내가 계속 남들을 속이는 것 같아 스스로가 너무 불쾌했다. 꾸밈없었던 옛날의 성격으로 돌아가고 싶었다. 중3이 된 지금도 약간 가식이 남아 있긴 하지만 80퍼센트는 진짜 '나'라는 기분이 든다. 남들이 보기에 옛날보다는 성격이 좋지 않아도 나는 지금의 '나'가 마음에 든다.

아, 그래서 이 녀석은 내가 무슨 말만 하면 늘 '왜요? 꼭 해야 돼요?'가 자동반사로 나왔구나. 글을 보면서 아이를 이해하게 되었다. 까칠하고 반항적이라고 느껴져 말 걸기가 조심스러웠는데, 이런 사연이 있었다니. 서평을 안 썼다면 몰랐을 일이다. 반가운 것은 남들이 보는 나보다, 진짜 나로 살아가는 자신이 마음에 든다고 말한 부분이다. 서평에서 이렇게 자기 이야기로 한 단락을 채운 경우는 처음이었고, 이는 책에 나오는 분들이 우리 사회에서 '아닌 것은 아니라고 말하는 사람'들이라서 가능했다고 본다. 얼마나 멋진 순간인가? 이국종, 노태강, 최현숙, 채현국 뒤에 자기 이름을 나란히 놓는 모습이. 삶의 줏대를 가진 분들을 보며 나도 할 말은 해야겠다며 그 줄에 따라 서는 아이에게 박수를 보낸다.

또 다른 아이는 한결같은 모범생. 공부도 운동도 잘하고 글도 잘 쓰는, 조용하고 순둥순둥한 남학생이다. 그 아이가 쓴 글을 보고 가슴이 먹먹해졌다. 교사가 아무리 좋은 가르침을 줘도 책만큼 할 수 있을까? 좋은 책에서, 좋은 어른을 제대로 만났음을 확인할 때만큼 반가운 순간이 있을까? 아이들이 싫어해도, 채점이 번거로워도 서평 쓰기를 하는 이유는 이런 글 때문이다. 글쓰기는 입에 쓴 약, 『당신이 반짝이던 순간』에서 아이들의 빛나는 순간을 본다.

이 책처럼 인터뷰를 묶어 놓은 책은 처음 읽었다. 하지만 나는 이 책이 단순히 인터뷰, 그 이상의 가치가 있다고 생각한다. 나는 이 책을 읽으면서 '반짝이는' 존재를 찾는 일, 그리고 내가 '반짝이는' 존재가 되는 일, 두 가지 목표가 생겼다. 이 책에 나온 열두 분은 모두 반짝이는 분들이시다. 우리는 이분들을 보며 감동을 받는다. 하지만 나는 단순히 감동을 받는 것에서 끝나는 것이 아니라 이분들을 따라서 행동하려고 노력하는 것이, 즉 자신의 삶에 이분들의 삶의 방식을 최대한 반영하는 것이 이 책을 읽은 사람의 진정한 자세라고 생각한다.

아이들이 슬픔을 대하는 법

_세월호 책 읽기

매년 4월 중순이면 세월호 참사를 추모하는 마음으로 아이들과 세월호 관련 책 읽기를 했다. 작년까지는 반 전체가 세월호 관련 책만 읽도록 한 시간을 미리 뺐는데, 올해는 쉽게 결정하지 못했다. 모둠별 청소년 소설을 읽고 4월 마지막 주에 수행평가 발표를 하기로 했는데, 책 읽는 속도가 느려서 중간에 시간을 빼기 어려운 아이들이 있었기 때문이다. 결국 세월호 책 읽기는 강제성을 띠는 것보다는 자발적으로 하는 게 낫겠다 싶어 모둠 책을 다 읽은 사람만 자율적으로 읽게 했다. 이렇게 진행하다 보니 반마다 분위기가 사뭇 달랐다.

오전에 수업한 1학년 4반은 자기들끼리 책을 서로 보여 주면서 작은 소리로 소곤거리거나, 도서실을 나갈 때 "샘, 너무 슬퍼요"라며 내게 말을 건네는 정도였다. 그런데 6교시 1학년 5반은 단원고 희생자 부모님이 쓴 편지 모음 『잊지 않겠습니다』(한겨레출판)를 가져간 여학생 세 명이 훌쩍거리기 시작하더니 곧 여학생 전체로 울음이 번져 나갔다.

남학생들과 여학생들은 온도 차가 컸다. 남학생 몇 명도 세월호 책을 읽었지만 우는 아이는 없었다. 오히려 울고 있는 여학생들을 신기하게 보거나 간혹 킥킥대기도 했다. 모둠 발표를 위한 책을 읽는 아이들도 여학생들의 울음소리에 놀라 의아한 눈으로 쳐다보면서 술렁댔다. 그러면서 자기들도 그 책을 달라고 해서 대여섯 권 있던 『잊지 않겠습니다』는 금세 동이 났다. 단원고 아이들의 시선으로 쓰인 육성 생일시 모음집인 『엄마, 나야.』(곽수인 등, 난다)를 읽던 아이들도 한 구절 읽다가 울기 시작해 책은 뒷전이 되어 버렸다.

눈물 콧물을 닦으려고 휴지를 가지러 왔다 갔다 하는 아이, 책을 엎어 놓고 그 위에 엎드려 소리 내어 우는 아이, 친구를 달랜다고 어깨를 감싸고 있다가 덩달아 흐느끼는 아이, 엄마가 보고 싶다며 '엄마, 엄마' 부르며 우는 아이, 오빠가 보고 싶다며 눈물을 훔치는 아이 등 교실은 울음으로 가득 찼다.

아이들의 울음은 좀처럼 가라앉지 않았다. 수업이 끝나려면

20분도 더 남았는데 어떻게 해야 좋을지 몰라 당황스러웠다. 이럴 줄 알았으면 옆의 빈 교실에서 따로 읽게 할 걸 그랬나? 작년 봄, 세월호 희생 학생들의 얼굴이 나오는 〈이름을 불러 주세요〉라는 영상을 보다가 운 적은 있어도 오늘처럼 책을 읽다가 울음바다가 된 적은 없었다. 아이들과 함께 단원고 기억교실을 방문하고, 안산 분향소를 갔을 때도 말없이 숙연할 뿐, 이 정도는 아니었다. 급기야 세월호 때문에 우는 건지 자기 설움에 우는 건지, 아이들을 의심하기에 이르렀다.

"조용~! 웃는 사람은 뭐지? 다들 자기가 읽는 책에 집중하자."

그러나 나의 말은 아이들에게 가 닿지 않았다. 여전히 아이들은 울었다. 나는 가장 큰 소리로 서럽게 우는 아이에게 다가갔다.

"많이 힘들면 그만 읽을까? 억지로 읽지 않아도 돼."

아이는 도리질을 하며, 그 책을 더 읽겠다고 했다.

"그럼 화장실에 가서 맘 편히 울고 올래?"

두 명은 나갔는데, 한 명은 싫다고 했다. 굳이 여기, 도서실에서 울겠다는 아이가 이해가 안 되었다. 그러면서 우는 아이들을 지켜보는 내 마음이 불편하다는 걸 알았다.

그때 종이 울렸다. 수업 끝나는 종이 이렇게 반가운 적이 없었다. 눈물을 닦으면서 나가는 아이들 등에 대고 말했다.

"집에 가면 엄마한테 사랑한다는 말 꼭 해 드려. 유가족분들

만나면 그 말씀을 가장 많이 하시더라."

내 말을 등 뒤로 하고 종종걸음을 치는 아이들, 아이들의 발걸음을 따라 울음소리는 복도 끝에서야 잦아들었다. 도서실 옆 교실에서 영어 수업을 하던 선생님이 무슨 일이 있었느냐고 물었다. 내가 무슨 신기(?)가 있어서 아이들을 울리기라도 한 듯, 대단하다는 말을 연발하니 민망했다. 아이들을 울린 건 책이지 내가 아닌데, 내가 운 것도 아닌데 기운이 쏙 빠졌다.

그날 방과 후에 독서동아리가 있었다. 나는 도서실에 남아서 수업 중에 아이들이 본 책들을 정리하며 뒤숭숭했던 마음을 수습하려 애썼다. 20분 정도 지났을까. 종례를 마친 아이들이 책모임을 하러 삼삼오오 도서실로 왔다. 오늘 모임을 하는 팀 중엔 한바탕 울음바람을 일으켰던 5반 여학생들도 있었다.

나는 그 아이들을 또 만나는 것이 민망스러워 다른 팀 모임에 슬그머니 끼었다. 저만치 보니 아이들은 언제 그랬냐는 듯이 책을 꺼내고, 토론을 하고, 간식을 먹고, 다음 책을 골랐다. 6교시와 방과 후가 이렇게 다른 얼굴이라니. 똑같은 장소에서 울고 웃는 모습이 적응은 안 되었지만, 집에 갈 때라도 마음 편해졌으니 다행이다 싶었다.

모임이 끝나고 아이들이 모두 빠져나간 도서실. 나의 긴 하루가 드디어 끝났음을 확인하는 순간, 한 아이의 뒷모습이 눈에 띄었다. 독서동아리 다섯 팀이 탁자를 하나씩 차지하고 왁자지껄 모임을 하는 동안, 창가 자리에 앉아 책을 읽던 아이. 6교시가 끝나고 한바탕 눈물 썰물이 빠질 때 "선생님! 이따가 와서 이 책 계속 읽어도 되나요?"라고 물었던 남학생이다. 독서동아리 모임 후 뒷정리를 하느라 왔다 갔다 해도 흔들림이 없다. 방해가 될까 봐 아는 척을 안 하고 도서실을 나왔다.

퇴근길, 나뭇가지에 노란 리본이 보인다. 한 주간 세월호 책 읽기가 모두 끝났다. 수업 시간에 소리 내 울었던 많은 아이들의 눈물보다 수업이 끝난 후 도서실에 찾아와 『잊지 않겠습니다』를 끝까지 읽던 한 아이의 홀로 삼킨 눈물이 뜨겁게 맺힌다.

난독의 시대, 무엇이 필요할까?

책을 읽다 말고 한 모둠의 아이들이 웅성거린다. 네 명씩 모둠을 이루어서 책을 읽는데, 이 모둠은 초등용 동화(『난민 말고 친구』)를 읽고 있어서 딱히 신경을 쓰지 않았다. 무슨 일인가 싶어서 가보니 책을 읽다가 질문이 생긴 모양이다.

"샘, 모르는 말이 있는데 '가타부타'가 뭐예요?"

"아, '가타부타'를 처음 듣니?"

"네. 홍이도 모른다고 해서요."

홍이는 상식이 풍부한 똘똘이, 아이들 딴엔 머리를 맞대도 답을 못 찾았나 보다.

"음, 가타부타란 말은 어른들은 자주 쓰는데…… 예를 들어 친구랑 어디 놀러 갈까 의논하다가 놀이동산을 가자고 했는데 그

애가 아무 말도 없으면, 너 왜 가타부타 말이 없냐? 이러거든. 좋다, 싫다, 자기 입장을 말하라는 거지."

아이들이 고개를 끄덕이며 다시 책에 시선을 돌리자, 나는 얼른 휴대폰으로 국어사전을 찾아본다. '가타부타'의 가부可否를 보는 순간, 한자를 쓰면서 정확한 뜻('어떤 일에 대하여 옳다느니 그르다느니 함')을 알려 줄 걸 용례만 말한 것이 걸렸다.

우리말의 어휘력은 한자를 알수록 유리하다고 하는데 나는 (어디 가서 국어교사라는 말을 하기 부끄러울 정도로) 한자에 약하다. 책을 읽을 때 불편함을 크게 못 느끼는 건 낯선 단어가 나오면 문맥을 통해 유추하는 습관 때문이다. 물론 앞뒤 맥락을 봐도 이해가 안 되는 단어는 사전을 찾아보는데, 그렇게 찾은 단어를 일상에서 다시 사용하는 일은 거의 없다. 아이들도 마찬가지가 아닐까? 단어를 알려 주기는 했지만 실은 책에서나 볼 뿐 아이들이 실제로 이 말을 쓰지는 않을 것이다. 우리 반(3학년)에서 책을 좋아하는 남학생에게 물어봐도 모르니, '가타부타'는 아이들에게는 사어에 가깝다. 처음 보는 단어를 서로 힘을 합쳐 알아내려고 한 아이들의 시도가 반가울 따름이다.

책을 읽을 때 어휘는 매우 중요하다. 모르는 단어가 많으면 읽다가 포기하게 된다. 이번 학기에도 2학년 남학생 한 명이 책을 읽다가 다른 책으로 바꾸었다. 처음에 좀 더 쉬운 책으로 고르라고 할걸, 미안한 마음이 컸다. 아이는 독서 수업 시간에 자신이 사온 책을 읽으려고 애썼으나 쉽지 않았다. 그도 그럴 것이 아이가 고른 책 『배달의 민족은 배달하지 않는다』에는 어려운 단어가 많이 나왔다. 플랫폼 노동, 클라이언트, 비정규직, 주문 중개, 배달 대행사 등 노동 문제에 관심이 있는 중3에게도 만만치 않은 책을, 평소 책과 거리가 먼 아이가 골랐다가 낭패를 본 셈이다. 아이는 단순히 '라이더'라는 단어에 끌려 이 책을 골랐던 것이다.

나는 세 시간을 지켜본 후 결단을 내렸다. 샘이 봐도 어려운 책이니 내년에 다시 읽자고 하고 대신 만화책 『까대기』를 빌려줬다. 밝은 표정으로 그 책을 읽는 아이를 보면서, 내 마음도 한결 가벼워졌다. 역시 『까대기』는 만병통치약! 읽기 능력이 부족한 학생일수록 어려운 책보다는 수준에 맞는 책을 완독하게 돕는 게 좋다. 독서의 재미와 성취감을 차근차근 높여 주어야 한다.

1학기에 청소년 소설을 읽을 때는 몰랐는데, 2학기에 비문학을 읽고 있자니 평소 다른 과목 선생님들이 했던 말이 신경 쓰인다. 얼마 전 3학년 수업 연구회에서 아이들의 읽기 능력이 도마 위에 올랐다.

— 아이들이 국어를 싫어하는 것 같다. (이런, 작년 국어선생님이 너무 스파르타식이었나?)

— 긴 글을 주면 읽기 힘들어한다. (아, 내 시간엔 단행본도 잘 읽었는데, 대체 어떤 글이길래?)

— 모르는 단어 설명을 하다 보면 시간이 다 간다. (그래도 단어 설명은 해 주는 게 옳습니다.)

— 교과서를 보고 하는 오픈북 테스트인데도 10점 만점에 4~5점을 받는다. (과학 교과서가 그렇게 어려운가?)

새내기 국어선생님부터 시작해서 사회, 역사, 과학 선생님으로 줄줄이 이어지는 탄식 앞에서 나는 좌불안석, 결론은 '국어가 중요하다. 국어를 못하면 다른 과목도 못한다'로 내려진다. 예전에는 '그럼 국어야말로 도구 교과지, 국어를 잘해야 다른 과목 공부도 잘할 수 있다니까'라고 맞장구를 쳤는데, 요즘은 슬며시 억울한 마음이 든다. 왜 모든 과목의 학습 능력이 국어로 귀결될까? 물론 글의 핵심을 정확히 파악하면서 읽고 정보를 취사선택해서 배경지식을 쌓아 가는 게 국어시간, 읽기와 관련된 능력이 맞다. 하지만 다른 과목의 교과서를 이해 못하는 것이 국어시간에 읽기를 제대로 배우지 못해서라고 단정 지으면 듣는 국어교사 마음은 불편하다. 특히 아이들의 어휘력 부족은 국어시간만의 문제가 아니다. 교과서에 나온 어휘가 너무 어렵다면 그 교과의 핵심 어휘를 제대로 가르칠 수 있는 사람은 해당 교과의 교사가 아닌가?

얼마 전 EBS에서 방송된 〈당신의 문해력〉에는 중학교 2학년 역사 수업 교실이 나온다. 새로운 단원을 시작할 때 모르는 단어를 먼저 찾아본 후 교사의 설명을 듣는 경우와 단어 학습 없이 바로 수업을 들었을 때의 차이는 분명하다. 수업이 끝난 후 배운 내용을 마인드맵으로 확인했을 때, 단어 설명을 먼저 들었을 때가 훨씬 많은 부분을 기억했다.

미국의 교과서에는 단원이 시작될 때마다 '학습 도구어'를 제시해서 학생들이 개념어 학습을 하게 만든다. 2010년 교육과정에서 미래 사회에서 학생들이 갖추어야 할 핵심 역량으로 문해력의 중요성이 부각됐기 때문이다. 미국이든 우리나라든 학습 격차는 심각한 사회 문제요, 문해력은 공교육의 중요한 화두다. 읽기는 수능에서 국어 점수를 잘 받는 게 최종 목표가 아니다. 글을 읽는다는 것은 타인의 목소리에 귀 기울이며 세계를 넓고 깊게 보는 일, 나의 한계를 지우며 더 멀리 나아가 보는 작업이다.

독서를 하지 않고 문해력을 키울 방법은 없다. 가정에서 어릴 때부터 부모가 책을 읽어 준 아이, 가족과 도서관이나 서점을 자연스레 드나든 아이가 책을 좋아할 확률이 높다. 책을 잘 읽는 아이는 학교에서 교사의 설명에 집중할 뿐만 아니라, 자기 주도 학습을 해 나갈 인지적, 정서적 준비가 되어 있다. 반면에 어릴 때 부모가 책을 읽어 준 경험이 없거나 책과 친숙한 환경이 아니었던 아이에게는 학교가 문해력을 키울 수 있는 절대적 환경이다.

중학생의 경우 한글을 읽지 못하는 아이는 없다. 글을 읽어도 무슨 내용인 줄 모르는 이유는 단순히 어휘력의 부족 때문만은 아닐 것이다. 책을 읽는 것은 오랜 시간 훈련이 필요하다. 현실 세계와는 또 다른 재미가 책의 세계에 분명히 존재함을 경험한 아이만이, 그 경험이 차곡차곡 쌓여 더 수준 높은 책과의 만남으로 발전할 수 있다. 초등학교 때 부족했던 책과의 만남을 지금이라도 시작할 수 있다. 초등학교 고학년부터 멀어져 간 책과의 거리를 중학교에서 다시 좁힐 수 있다.

요즘 아이들이 책 읽을 시간이 없다고 하면 어른들은 믿지 않는다. 집에서 보면 빈둥거리면서 휴대폰만 붙잡고 있으니까. 하지만 입장을 바꿔 직장에서 하루종일 문서를 읽고 쓰는 작업을 한 사람이 퇴근 후 독서로 휴식을 취하는 경우는 많지 않을 것이다. 부모나 교사는 어른이라는 이유로, 낮에 일을 했다는 명목으로 영화나 드라마, 유튜브를 보며 휴식을 취하면서 아이들에게는 휴대폰 대신 책을 보라고 하는 것이 과연 아이들에게 납득이 될까? OECD 국가 중에서 가장 긴 시간 학습 노동에 시달리는 우리 아이들에게 나는 수업 시간 이외에도 책을 읽자는 말을 꺼내기가 미안하다.

작년 봄, 아이들에게 독서 동기를 부여하기 위해 SBS 스페셜 〈난독 시대〉를 보여 주었다. 원격 수업이라 집에서 각자 책을 읽어야 하니 경각심을 강하게 불러일으키려고 고른 것이었다. 이 영상은 스마트폰을 가까이하면서 학생들의 읽기 능력이 최근 10년 사이에 급격히 떨어지는 현상을 잘 보여 주었다. 책을 읽을 때와 스마트폰을 볼 때 뇌가 어떻게 다른지, 다독보다는 정독, 슬로 리딩의 중요성을 알려 준 덕분에 나름 효과가 좋았다. 많은 아이들이 스마트폰 보는 시간을 줄이고 책을 읽겠다고 했다.

> 어렸을 때는 그저 책을 많이 읽는 데 목표를 두었던 것 같다. 그래서인지 지금은 과제 때문에 읽는 책을 제외하면 거의 읽지 않는 것 같다. 어느 순간부터는 그마저도 꼼꼼히 읽지 않아서 한 페이지를 여러 번 읽고 나서야 내용을 이해하기도 한다. 앞으로는 한 권의 책을 읽더라도 정독하는 습관을 길러야겠다.

아이들의 소감을 흐뭇하게 읽다가 죽비로 맞은 듯, 멈추게 한 글이 있었다. 공부를 잘하고, 작년에는 독서동아리도 했던 3

학년 여학생의 글이다.

책을 읽고 싶어도 학원 숙제로 바쁘다. 중3이 되니 고등학교 선행도 해야 한다. 공부할 건 많고 시간은 없다. 어른들은 우리가 책을 안 읽는다고 뭐라 하지 말고 책 읽을 시간부터 주었으면 좋겠다.

'난독의 시대'를 살아가는 아이들의 목소리에 이제 우리 어른들이 답할 차례다.

함께 읽기는 힘이 세다

_교사 독서동아리

교사 독서동아리 모임이 있는 날이다. 급히 처리해야 할 일이 안 끝난다. 마음은 급하고 일은 꼬이고, 겨우겨우 수습을 하고 오늘의 모임 책 『편의점 인간』(무라타 사야카, 살림출판사)을 들고 뛰어간다. 교실 문을 빼꼼히 연다. 분위기가 심상치 않다. 한바탕 폭풍이 쓸고 간 느낌, 둘러앉은 얼굴에 흥분 끝 착잡함이 묻어 있다. 모두 말이 없다. 나만 빼놓고 대체 무슨 얘기를 재미나게 한 거지? 물어보려는 찰나, 내게 먼저 질문이 들어온다. 언제나 일등으로 책을 읽어 오는 한문샘이다.

"우리 지금까지 열심히 다 말했어요. 근데 민수샘은 이 책을 왜 추천했어요?"

"저도 어떤 작가가 추천해서 알게 된 책인데요. 내용이 재밌어서 술술 잘 넘어가고, 분량도 부담 없고, 무엇보다도 새롭더라고요. 샘들은 이 책 별로였나요?"

"아니요, 재밌게는 읽었는데 의견이 다 달라서요. 교장샘이랑 미술샘이 가장 잘 공감하며 읽으셨고, 저랑 과학샘은 읽는 내내 영 불편하고, 작가가 대체 뭘 말하려는 건가 싶어요."

"그럼 잘된 거네요. 저는 그동안 우리가 모임에서 읽은 책들이 주제가 딱 떨어지게 나오고, 결론이 하나로 모아졌던 것 같아서, 이번에는 다양한 생각을 할 수 있는 책을 읽었으면 했어요."

나도 이 책을 처음 읽었을 때는 마음이 편치 않았다. 취직도, 연애도 관심 없이 편의점 진열대 물건들과 물아일체가 되어 살아가는 주인공이 낯설기만 했다. 생각이 없다고 해야 하나, 성실하다고 해야 하나. 불행하다고 해야 하나, 불쌍하다고 해야 하나. 그동안 봤던 소설 속 인물들과는 확실히 다른데, 딱 꼬집어서 한마디로 말하기가 어려웠다.

작가도 18년째 편의점에서 아르바이트를 하고 있단다. 작가와 주인공의 삶이 100프로 일치하진 않겠지만, 『편의점 인간』은 새로운 인류의 출현을 알리는 작품임에 틀림없다. 일본만이 아닌 지금 우리 사회에서도 대세론으로 굳어진 삶의 방식이기도 하다. 3포 세대에서 5포, 7포에 이어 결국 'N포 세대'가 된 청년들. 연애, 결혼, 출산에 이어 내 집 마련, 인간관계, 꿈, 희망을 줄줄이 포기하는 이들이 바로 내 자식들이요, 제자들이다.

내가 만나는 아이들이 어떤 아이들인지, 앞으로 이 사회는 어떤 사람들이 살아가게 될지를 정직하게 보여 주는 책『편의점 인간』. 교장선생님은 10년 전 학급에서 만났던 자폐 성향이 있던 한 학생이 생각났다고 하신다. 승자 중심 사회에서 도태되고 배제되는 이들의 소리에 귀 기울일 때라고. 신규 2년 차 미술샘은 친구들한테 책 이야기를 하니 너무나 공감이 된다며 반가워했다고 한다. 남의 얘기가 아니고 바로 자신들이 살아가는 이야기라고.

등산을 좋아하는 한문샘은 퇴직 후 자연과 더불어 살아갈 생각을 했는데, 이게 우리 아이들이 살아갈 미래냐며 우울해했고, 수업에 내공이 깊은 역사샘은 분명 낯선 존재들이긴 한데 과연 사회적 약자나 소외된 이들과 같다고 볼 수 있을까, 어쩌면 삶의 방식이나 태도의 차이는 아닐까 하는 질문을 던졌다. 나도 같은 생각이다. 시혜적 차원으로 접근하기는 조심스럽다. 불평등하고 불공정한 사회를 만든 기성세대로서 책임은 통감하지만, 내 삶의 잣대로만 타인을 평가했다간 나 또한 소통 불가, '라떼'를 읊어 대는 꼰대가 될까 두렵다.

책에 대한 공감과 이해는 저마다 달랐지만 소설 속 이야기가 이 시대를 살아가는 청년들의 자화상이라는 사실에는 모두 동의했다. “아니요, 몰라요, 상관없어요.” 익숙한 아이들의 목소리를 뒤로한 채 왜 소설 속 주인공만 걱정했을까? 꿈도 야망도 없다고 타박했던 날들이 미안해진다. 아이들은 시대의 징후를 온몸으로 알아챘기에, 허황된 꿈이나 무모한 도전보다는 지금 여기의 안온함을 선택한 게 아닐까? 튕기듯 거부했던 아이들의 목소리는 버티고 살아 내기 위한 자구책이 아니었을까? 무엇이든 ‘할 수 있다’는 긍정의 힘을 끌어모은다고 세상이 달라질 것 같지는 않다. 정상과 비정상, 성공과 실패의 기준이 달라져야 한다. 생각의 틀을 흔들고 깨뜨려야 더 큰 원을 그릴 수 있다. 경계를 지우고 넘어서 더 좋은 세상을 만들어 주길, 우리 세대가 못 한 일을 아이들이 해 주길 바라는 건 지나친 욕심일까?

혼자 읽을 때는 이해가 안 되던 책이 함께 나누면 조금씩 선명해진다. 지난달에 읽은 『아직, 불행하지 않습니다』, 작년에 읽은 『우리의 불행은 당연하지 않습니다』에 이어 오늘 『편의점 인간』으로 불행 타파 3종 세트가 막을 내린 느낌이다. 더 이상은 불행하지 말자고, 병든 사회의 폐부를 적나라하게 들춰 낸 586세대 지식인의 일침에 일본과 한국의 젊은 작가가 각각의 방식으로 응답한 셈이다. 대기업을 그만둬도 아직 불행하지 않다고, 편의점 인간으로 살아도 불행하지 않으니, 그리 이상하게 보지 말라고.

내 생각과 같은 책을 만나면 반갑다. 마음 맞는 사람들과의 대화는 즐겁다. 하지만 때론 내 생각에 균열을 내 주는 불편한 책도 읽어야 한다. 책이 좋아 국어교사가 된 나는 책 이야기만 나오면 시간 가는 줄 모른다. 아이들과 하는 독서동아리 모임도 즐겁지만, 선생님들과의 책 대화는 더욱 흥미진진하다. 올해로 7년째 교사 독서동아리를 이어 오고 있다. 몇 년 전 독서동아리 선생님들과 김영갑의 『그 섬에 내가 있었네』를 읽고 제주 오름을 다녀왔다. 다문화 가정, 이주 여성으로서 삶을 성찰한 『후아유』를 읽고 작가인 이향규 선생님을 모임에 초대했다. 『소년을 읽다』에서 알게 된 환대와 믿음, 사람의 힘은 봉숭아 꽃물처럼 선생님들의 마음을 물들였다. 한 해의 끝자락, 2년째 여행을 못 가는 아쉬움은 『페르마타, 이탈리아』의 이금이 작가님을 만나 달래 볼 예정이다.

책은 내게 친구요, 여행이다. 일상이고 휴식이다. 딱딱한 책, 어려운 책은 피해 가고 소설과 에세이를 주로 읽는다. 사람 사는 냄새 물씬 나는 책이 좋다. 교육 관련 책을 읽지 않아도 우리 학교 교사 독서동아리는 잘 돌아간다. 사람 사는 이야기, 그 안에 교육의 방향도 보인다. 내가 추천하는 책을 재밌게 읽어 주는 선생님들, 의미를 찾고 나누는 동료들이 있기에 모임은 지속된다. 좋아하는 책을 좋은 사람들과 오래오래 나누고 싶다.

87년생 교사들이 보고 있다

언제부터인가 교육학이나 교수법 책을 읽지 않게 되었다. 교사가 쓴 수업 방법, 독서 교육에 관한 책도 지인이 쓴 책이 아니면 손이 잘 안 갔다. 대신 나와 다르게 사는 이들의 삶에 호기심이 생겼다. 내 일상이 지루해졌기 때문인지도 모른다.

『나는 87년생 초등교사입니다』(송은주, 김영사)는 인터넷 서점에서 제목과 책 소개, 평점에 이끌려 읽게 된 책이다. 진로도서로 교사를 꿈꾸는 학생들에게 권해 볼까 하는 가벼운 마음으로 펼쳤는데, 읽으면서 교사로서 나 자신을, 교사를 둘러싼 우리 사회의 기대와 편견, 그리고 교직 내부의 문제들을 생각하게 되었다.

지금 나는 매우 만족스럽게 교사 생활을 하고 있다고 자부하지만, 내게도 임용 시험장에 들어가기까지 살 떨리게 경쟁했던 이십 대가 있었고, 직장과 육아, 가사노동으로 영혼과 육체가 고갈되던 날들, '오늘도 무사히'를 기원하는 버스 운전기사처럼 수시로 일어나는 사건 사고를 수습하며 시도 때도 없이 걸려 오는 학부모의 전화를 받아야 했던 시절이 있었다. 교사가 여자 직업으로 얼마나 좋은가라는 사람들의 찬사 속에서 힘들다는 말도 못 했다. 앞에서는 교사를 추켜세우면서도 순간순간 비아냥거리는 말을 가까이에서 들을 때조차, 난 늦게라도 꿈을 이뤘으니 얼마나 다행이냐며 안도했다.

둘째 육아휴직을 끝내고 설레는 마음으로 복직을 해서 9년 동안 담임을 줄곧 하다가 결국은 몇몇 사건을 겪으면서 번아웃이 되어 휴직을 했던 첫해 봄, 나는 갑자기 몸이 너무 가벼워져 (달 착륙을 한 우주인처럼) 발이 땅에 닿지 않는 듯한 비현실적인 감각에 어리둥절했다. 이유는 서른 명의 우리 반 아이들이 아닌 단 두 명의 내 자식만 거두면 된다는 것이 너무 홀가분해서, 오랜 시간 캄캄한 동굴에 갇혀 있다 나온 죄수처럼 눈이 부셨던 것. 돌아보면 어렵게 들어온 교직인 만큼 내가 아니면 안 된다는 과도한 사명감에 들끓었던 적도, 학교가 너무 좋아서 집에만 오면 시작되는 가사노동에 화가 나 일곱 살 딸아이에게 짜증을 퍼부었던 적도, 그렇게 달리다 문득 학교가 내 인생의 다가 아니었구나, 결국은 이러려고 내가 내 자식까지 팽개치고 살았단 말인가 자책의 한숨을 내쉬며 휴직을 했던 적도 있었다.

학교를 떠나 실컷 쉬면서 나의 존재감을 찾아볼까 싶었으나 나란 인간은 노는 것도 쉽지 않음을 절실히 깨닫고 복직을 한 뒤, 무탈한 5년이 흘렀다. 교직 20년이 지난 지금에야 비로소 나는 크게 무리하지 않는 선에서 나답게 사는 법을 조금씩 터득해 가고 있다. 직장도 좋지만 가정보다 우선일 수 없고, 학교 아이들이 예쁘지만 동료 교사도, 학부모도 함께해야 할 귀한 존재임을 깨달으면서. 역시 난 교직이 천직이라고 감히 용기 내어 말해 보면서.

책을 읽기 전까지는 지금의 나, 현직에 안주하는 나만 보였는데, 이 책은 과거의 나를 돌아보게 했고, 앞으로의 나를 그려 보게 했다. 제목과 표지가 발랄하게 다가와서, 요즘 젊은 교사들은 어떤 생각을 하고 있나, 꼰대 소리 듣지 않게 후배들 마음이나 알아보자며 읽기 시작했는데 책에서 던지는 문제의식이 묵직하게 다가왔다.

저자는 통계 자료와 교육 관련 저서들을 인용하면서 밀레니얼 세대 교사들이 현재 어떤 상황에서 무슨 고민을 하는지, 그들은 교사이기 전에 한 인간으로서 어떻게 살고 싶어 하는지를 설득력 있게 말해 준다. 교직이 정말 안정적이고 워라밸에 좋은 직장인지를 묻고, 실제 그렇게 되기 위해서는 교직 사회의 어떤 점들이 개선되어야 하는지도 정확하게 짚어 낸다. 교직의 전문성을 인정하지 못하는 대중의 인식, 교사가 스스로 성장할 수 있는 기회를 제한하는 조직 문화, 초등교사 양성 과정부터 임용 시험의 문제, 발령 후 직면하는 학교에서의 어려움 등을 다각도로 조명하고 있다. 교육 전문가라고 명명해 주면서도 전문가이기를 바라지 않는, 전문가가 되기를 저해하는 구조적 문제는 현장 교사라면 충분히 공감할 수 있기에, 그 불편한 진실에 수긍하지 않을 수 없다. 혁신학교에 근무하면서 이만하면 좋은 환경에서 수업이나 평가의 자율성을 보장받는다고 생각했지만, 정책과 제도가 바뀔 때마다 나 역시 혼란과 곤란을 겪었던 일이 떠올랐다.

밀레니얼 세대 초등교사의 자기 고백이자 주변의 생생한 경험담을 담은 이 책을 처음엔 교직을 희망하는 고등학생, 대학생이 읽었으면 좋겠다 싶었다. 교사에 대한 환상을 갖지 않기 위해서. 수술실에 들어가기 전에 수술이 잘못되면 벌어질 불운한 상황을 알리고 보호자 사인을 받듯이, 교사가 되기 전에 (네가 앞으로 교사가 되면) 이런 일이 벌어질 수 있다고, 알고나 시작하라는 냉정한 충고로 들렸다.

하지만 뒤로 갈수록 이 책을 쓴 진짜 의도는 그렇게 매몰찬 마음이 아니란 걸 알게 된다. 예비 교사에게 겁을 주거나 실망하게 만들려는 것이 아니라, 어떻게 하면 더 길게 보고 더 단단한 마음으로 아이들에게 필요한 것을 제대로 가르치는 교사가 될 수 있는지, 교사이기 전에 한 인간으로서 어떻게 행복하게 살아갈 수 있는지를 각자 진지하게 생각해 보자는 제안이다. 함께 가자고 내미는 손길이기에 예비 교사나 현직 교사는 물론, 학부모를 비롯한 교사가 아닌 더 많은 사람들이 읽고 교직을 이해하고 앞으로의 교육을 고민할 수 있었으면 좋겠다.

청소년 소설만 열심히 읽다가 이 책을 읽고 나니, 그동안 멀리했던 교수법이나 교육학 관련 책도 읽어야겠다는 생각이 든다. 아니, 책으로만 세상을 알려는 안일한 태도에서 벗어나 눈과 귀를 더 크게 열고 이 시대와 우리 사회, 내 주변의 삶을 부지런히 살펴야겠다.

87년생 초등교사 송은주 선생님 이야기를 들어 보길 잘했다. 어쩔 수 없이 나이는 먹어 버렸지만 뻔하지 않은, 뻔뻔하지 않은 교사가 되고 싶다. 아이들은 교사를 닮아 간다. 후배들은 선배를 보고 있다.

교사이기 전에 한 인간으로서 행복한 길을 찾고 싶다. 풍족하다고 여겨지는 삶의 방식에 대한 사회적 인식이나 성별, 나이와 경력에 따라 자연스럽게 따라다니는 '교사는, 여교사는, 남교사는, 경력교사는, 초임교사는 어떠해야 한다는' 선입견과 편견은 남의 눈치만 살피게 하는 프레임이다. 모두 이 틀에서 좀 더 자유로워졌으면 한다.(329쪽)

돈을 밝히게 되었습니다

교무부장님에게서 전화가 왔다. 새 학기 준비를 하면서 학부모회 일정을 짜고 있는데, 학부모회장님이 초청 강연으로 Y작가를 모시고 싶다고, 나에게 섭외를 부탁하는 전화다. 아, 역시 우리 학부모님들은 보는 눈이 있다니까, Y작가를 요청하다니. 벌써부터 두근두근!

작가의 연락처를 알 만한 지인에게 카톡을 보냈다. 그러나 곧 드는 생각이, 아니야, 이렇게 개인적으로 연락을 하는 것보다는 공식적인 절차를 밟는 게 낫지. Y작가 신간이 나온 출판사를 검색해서 전화를 하니 작가님 이메일을 알려 준다. 작가님에게 섭외 메일을 쓴다. 그동안 작가님 강연을 세 번이나 찾아갔던 나의 팬심을 말한다. 작년에 우리 학교에서 초대했다가 모시지 못했는데, 이번엔 학부모님들의 요청으로 초대하는 것이니, 꼭 오셨으면 좋겠다는 말도. 그리고 빠뜨리지 않는 것은 강사료. 학교라서 시간당 책정된 강사료가 얼마인지도 밝혔다.

며칠 후 작가님에게서 답장이 왔다. 흔쾌히 오실 수 있다니, 이렇게 반갑고 기쁠 수가. 실은 전에 다른 선생님이 섭외를 하려다 실패를 해서 혹시 강사료가 적어서 안 오시는 건가 의심을 했다. 그런데 이번에 성사가 되니, 작가님이 돈 때문에 못 오신 건 아니었구나 안심이 됐다. 돈 때문이 아니라 일정상 못 오신 건데, 강사료 때문이라고 지레짐작했으니까. 이런 나 자신이 속물스러워지는 한편 메일에 강사료를 알려드리길 잘했구나 싶다. 작가에게 글쓰기 못지않게 강연도 중요한 노동인데, 강연료를 말하지 않고 섭외를 요청한다는 건 예의가 아니다. 물론 내가 처음부터 이랬던 건 아니다. 작가 초대 행사를 지금까지 열 번도 넘게 했지만, 그때를 생각하면 지금도 얼굴이 뜨거워지는, 나의 미숙함이 부끄러운 사건이 있다.

10여 년 전, 당시 근무하던 학교에서 처음으로 L작가 강연을 했다. L작가가 우리 학교에 온 것은 우연히 본 공문 덕분이었다. 주관 단체가 교육청인지는 정확히 기억나지 않는데, 작가 강연 신청을 하면 일군의 작가단 중에서 한 명을 학교로 보내 준다는 것이었다. 학교에서 비용을 부담하지 않았던 것으로 봐서 서울이라도 외곽에 있는 학교, 다양한 문화 체험을 하기 어려운 지역 학생들을 위한 기획이었던 것 같다.

강연장에 파란색 두건을 쓰고 나타난 L작가는 소년처럼 수줍고 순수한 모습으로 아이들과 내 마음을 사로잡았다. 책의 내용과 작가의 삶을 당사자의 목소리로 듣는 시간이 신선하고 신기했다. 학교 아이들만이 아니라, 나에게도 작가와의 만남은 처음이었고 기대 이상이었다. 그날로 작가와의 라이브 북토크라는 신세계에 입문한 나는 해마다 작가 초대 행사를 준비했다. 그런데 문제는 돈이었다. 국어과에서 작가 초대 행사를 위해서 따로 예산을 잡아 놓지 못했는지, 아니면 당시 학교 예산 집행 규정에 어떤 문제가 있었는지 행정실은 빡빡하게 굴었다.

작가 강연의 경우, 두 시간에 10만 원밖에 줄 수 없다고 했다. 처음에 L작가가 (우리 입장에선) 무료로 왔던지라 돈에 대한 개념이 없었다. 다른 학교에서는 작가 강연료를 얼마나 주는지, 규정에 뭐라고 쓰여 있는지 따져 볼 생각도 못 했다. 액수가 적다고 말했지만 행정실은 완강했다. 학교에선 3학년 담임, 집에선 독박육아로 영육이 너덜너덜할 때라 이 문제로 싸울 기운도 없었다. 실은 한동안 돈이 문제가 되는 줄도 몰랐다. L작가 이후 3년 연속 10만 원으로 작가를 초대했기 때문이다. 나와 우리 학교 또 한 분

국어선생님의 지인 찬스로 모신 세 명의 작가 중에는 꽤 유명한 청소년 소설 작가도 있었지만, 아무도 우리에게 10만 원은 말도 안 된다는 말을 하지 않았다. 지금 생각해 보니 내가 처음에 섭외를 할 때 돈은 아예 언급도 안 했다. 얼마를 받는지도 모르면서 흔쾌히 와서, 웃는 얼굴로 아이들을 만나 준 지인, 작가님들 덕분에 나는 세상물정을 몰랐다.

사달이 난 건 H작가 행사를 준비하면서였다. 우연한 기회에 모 출판사에서 하는 행사에 갔다가 H작가를 만났다. 행사에는 동화, 청소년 소설 작가들이 꽤 많이 왔는데, 평소 좋아하던 H작가도 있었다. 나는 너무 설렜다. 행사가 끝나고 자연스레 이어진 뒤풀이 자리에서 H작가에게 인사를 하고 말을 걸었다. 우리 학교 아이들이 작가님 책을 재밌게 읽었는데, 한번 와 주실 수 있겠냐고. 작가는 흔쾌히 온다고 했다. "그럼요, 가야죠." 이렇게 호탕하게 말했던 것으로 기억한다.

다음 날, 나는 승전보를 전하듯 들어가는 교실마다 아이들에게 이 소식을 전했다. 아이들도 나만큼이나 흥분했다.

"진짜예요? H작가님이 오신다구요?"

"그럼! 어젯밤에 선생님이 작가님한테 직접 약속을 받았다니까. H작가님이 우리 학교에 오시는 날은 너희도 많이 많이 참석

해야 한다!"

나는 동네방네 소문을 냈다. 혼자서 북 치고 장구 치고, 도랑 치고 가재 잡는 꼴이었다.

아이들에게 물어서 몇 개의 날짜를 정한 후 작가에게 이메일을 보냈다. 아이들이 작가님이 오시는 걸 너무 좋아한다고, 이 날짜 중에 언제 오실 수 있냐고.

일정을 묻는 메일을 보냈는데 작가에게서 온 답장은 답이 아닌 질문이 있었다. 강사료는 얼마냐고. 나는 10만 원이라고 말했고, 이후 일은 지금 생각해도 피가 마른다. 작가는 정중하지만 화가 많이 났음이 느껴지는, 항의성 메일을 보내왔다.

어떻게 사람을 부르는데 돈을 말하지 않느냐, 출판사 행사 뒤풀이에서야 환담으로 주고받은 말이고, 정식으로 강연 요청을 할 때는 강사료를 알리는 것이 기본이지 않느냐, 강연으로 돈을 벌겠다는 게 아니라 가난한 지역 공부방은 무료로도 간다, 그런데 학교에서 이런 돈을 주는 것은 말이 안 된다, 더구나 본인이 간다는 확답도 안 했는데 어떻게 학생들한테 행사를 확정해서 말할 수가 있느냐 등등.

작가는 상식적으로 납득이 안 된다면서 답답함을 토로했고, 나는 입이 열 개라도 할 말이 없었다. 결국 강연을 취소해야 할 위기에 봉착, 국어과 선생님들이 모여서 대책 회의를 해도 뾰족

한 수가 없었다. 행정실이 10만 원으로 못을 박고 여지를 안 주니 속만 탔다. 궁여지책으로 짜낸 방법은 국어과 선생님들의 평가회비(식사비)를 모아 외식 상품권을 사서 작가에게 주는 것, 강연 원고를 다른 지면(국어과 선생님 한 분이 편집위원인 계간지)에 넣고 원고료를 챙겨 주는 것, 이 정도가 우리의 최선이었으나 불편한 마음은 가시지 않았다.

결국 H작가는 오겠다고 했다. 그는 작가를 노동자로, 생활인으로 보지 않고 강연료를 정확히 말하지 않은 것은 잘못이니, 앞으론 꼭 시정해 달라고 요구했다. 학교엔 이미 알렸고 취소하면 아이들 실망도 클 테니 강연은 예정대로 하겠다고 최종 승낙을 했다. 나는 엎드려 큰절이라도 하고 싶었다.

행사 당일, 도서실은 그 어느 때보다 많은 아이들로 북적였고, 작가 역시 열정적으로 강연을 했다. '지금 사회는 사람을 학력으로, 성적으로 줄 세우기를 하지만 우리는 세로가 아닌 가로로 서야 한다'고, '서로 키가 달라 들쑥날쑥해도 보기 좋은 들꽃처럼, 너희들 한 명 한 명은 세상 하나뿐인 소중한 존재'라고 힘 있게 말했다. 세상을 향해 날리는 어퍼컷! 아이들에게 주는 말은 유명 래퍼의 공연처럼 뜨겁고 시원했다. 제도권 교사로서 평소 아이들에게 드러내 하지 못했던 말을, 작가가 다 해 준 바람에 내 마음도 후련했다.

강연이 끝나자 작가는 길게 줄을 선 아이들 한 명 한 명에게 다 다른 멘트로 책에 사인을 해 주었다. 손목이 아플 텐데도 피곤한 기색 없이 아이들과 헤어져 교문을 나갈 때까지, 씩씩하고 밝은 기운을 나눠 준 사람, 진짜 어른, 나는 H작가를 잊을 수 없다.

처음이 중요하다. 처음부터 잘못된 일인데 아무도 문제삼지 않으면 관행이 된다. 몰라서 한 실수도 잘못인 것을 모르면 바로 잡을 수가 없다. 나는 H작가 덕분에 이후로는 같은 실수를 하지 않는다. 간혹 내가 원고를 청탁받거나, 강연을 요청받을 때도 잊지 않고 돈을 물어본다. 돈 때문에 할 일을 안 한 적은 없지만, 일을 하기 전엔 돈을 묻고, 알려야 한다는 생각이 확고해졌다. 하지만 돈을 밝힌다는 말을 들을까 봐 편히 묻지는 못하고, 상대가 먼저 알려 주길 바랄 때가 많다.

H작가는 자신의 노동의 대가가 정확하게 지급되기를 바랐다. 그것이 올바른 거래임을, 일하는 사람에 대한 배려와 존중임을 알려 주었다. 나도 모르게 한 그날의 '갑질'을 이제 그도 용서했으리라 믿는다. 이 글을 쓰다 보니 H작가가 보고 싶다. 미안함보다는 고마움으로 오래 남은 사람. 작가는 글이 아니라, 말이 아니라, 삶으로도 보여 준다. 그게 더 오래간다. 작가만이 아닐 것이다.

출판하는 마음, 책 권하는 마음

책이 좋아서 국어교사가 되었다. 고등학교 3년 동안 매일 학교에서 책을 읽었다. 쉬는 시간에는 법정스님과 이해인 수녀의 수필을, 야간자율학습 시간에는 『이상문학상 작품집』에 실린 단편을 읽었다. 책을 읽을 때면 숨통이 트였다. 고등학교 때 이과였던 바람에, 같은 계열로 대학을 갔다. 졸업 후 전공을 바꿔 교사가 되었지만 '국어'라는 과목은 학생 때나 지금이나 쉽지 않았다. 교과서 진도를 나갈 때는 뭘 해도 석연치 않았지만, 책 읽는 아이들을 볼 때면 흐뭇했다. 수업이 부족해도 책을 권할 수 있으니 내게 국어교사는 최상의 직업이다. 책이 좋다고 섣불리 작가를 꿈꾸진 못하니까. 작가는 예술가이자 창조자, 고지식하고 상상력 부족한 내겐 북두칠성보다도 멀다.

교사가 되고 나서 한참이 지나 '편집자'의 존재를 알게 되었다. 2004년 어린이책 관련 강의를 듣다가 편집자에 따라서 한 권의 책이 이 세상에 나올 수도, 나오지 못할 수도 있다는 말을 들었다. 책의 운명을 좌지우지하는 사람, 편집자는 삼신할미였다. 작가만큼, 작가보다도 위대해 보였다. 책이 되기 전부터 읽고, 책이 나오는 기쁨에 동참한다니 얼마나 뿌듯할까?

학교와 집에서 아이들과 지지고 볶다 한 계절이 지나도 책 한 권 읽지 못할 때, 말이 안 통하는 반인반수(?) 중학생들과의 생활이 버거울 때면 탄식처럼 흘러나왔다.

'난 편집자를 했어야 해.'

편집자가 하는 일을 정확히 알지도 못하면서 했던 말이다. 한 권의 책이 내게 오기까지 어떤 사람들의 손길을 거치는지를 알게 된 것은 『출판하는 마음』(은유, 제철소)을 읽고 나서였다.

책에는 편집자, 작가, 북디자이너, 번역가, 마케터, 제작팀장, 인터넷 서점 MD, 서점인, 1인 출판사 대표 등 열 명의 인터뷰이가 나온다. 문학편집자 김민정은 시인이면서 편집자이고, '첫 시집' 마니아다. 문예중앙 시선집 44권을 낼 때도 신인의 첫 시집 비중을 크게 잡았다. 편집자는 원고 내용만 조언하는 줄 알았는데 기획, 교정, 디자이너 섭외 및 소통, 제작, 이후 홍보까지 책이 나오는 모든 과정을 꿰고 아울렀다. 문학동네 시인선의 성공 비결인 문장형 제목, 판형과 표지 컬러의 독특함은 모두 김민정 편집자의 아이디어. 나중에 책장의 시집을 출판사별로 다시 정리하면서 서지 정보에서 '김민정' 이름 석 자를 발견하곤 옛 친구를 뒤늦게 알아본 듯 반가웠다.

'너구리'라는 필명을 쓰는 김경희 작가도 처음 알았다. 『회사가 싫어서』 『찌질한 인간 김경희』 등 그동안 펴낸 책의 제목만 봐도 작가의 소탈함이 느껴졌다. 독립출판으로 낸 책이 대형 출판사의 청탁과 출판으로 이어진 건 단순히 운이 좋아서만은 아닐 거다. 자신의 상처가 독자들의 고민에 답을 할 때 도움이 된다니, 쓰는 이의 삶에선 버릴 게 하나 없음을 일찍부터 알아차린 작가다. '나를 위한 글쓰기에서 출발했지만 타인을 위한 행위가 될 수 있는, 내가 살아가는 시대를 담을 수 있는 작가'가 되겠다는 포부도 믿음직스럽다.

책을 읽다 말고 도서관에서 너구리의 책을 검색해 본다. 오늘 바로 읽고 싶었는데 대출 중, 아쉬움은 짧고 기분은 좋다. 나 말고도 너구리를 사랑하는 독자가 있다니, 아니 당연히 있어야지. 나는 잠시 양보할 테니, 너구리 작품이여 흥해라, 널리 널리 퍼져라.

책을 관념적인 존재가 아닌 손에 닿는 '물성을 지닌 존재'로 만드는 이가 있다는 것도 신선했다. 사계절출판사 박홍기 출판

제작팀장은 종이를 고르고, 사양을 조정하고, 후가공을 하는 일 등에 관여한다. 책의 실제 단가가 바로 이분의 손에서 결정된다. 책에 들어가는 종이와 인쇄 등 가공 과정은 매일 책을 봐도 미처 생각하지 못했다. 박홍기 팀장은 어느 날 제작자 모임에서 책 표지와 본문 사이에 들어가는 면지를 두 장에서 한 장으로 썼더니 제작비가 약 5000만 원 정도 절약된다는 말을 듣는다. 그러곤 바로 사계절출판사도 면지를 앞뒤 각각 한 장으로 줄였다고. "기분이 좋았죠. 내 밥벌이는 했으니까!" 호탕한 웃음이 내게도 전해진다. 이 일은 회사를 위한 것뿐 아니라, 지구를 살리고 독자를 배려한 일이다. 책을 살 때마다 그만큼의 나무가 베어진다는 사실이 걸렸는데, 한 장의 뺄셈이 어딘가? 세상에 많고 많은 책을 생각하면 작은 일이 아니다.

책에 나오는 인터뷰이 중 내가 가장 만나고 싶은 사람은 서점인 정지혜, '사적인 서점'은 독자와 상담을 한 후 처방전과 책을 보내 준다. 당장이라도 가려고 알아보니 '마리서사'라는 서점을 2년간 운영하러 군산으로 간 후였다. 서울에 있을 때 가 보지 못한 걸 못내 아쉬워했는데, 얼마 전 서울에 다시 오셨다는 말을 들었다. 딸과 함께 가 보리라 벼르는 중이다.

책 상담 후엔 어떤 책을 받게 될까? 한 시간 대화에선 어떤 얘기를 나눌까? 책 보약을 짓게 될 날을 상상하는 것만으로도 설렌다. 주인장이 고심해야 할 책 처방전을 내 마음대로 쓰고 지워 본다. 책을 보고 나서 그가 쓴 『사적인 서점이지만 공공연하게 한 사람만을 위한 서점』도 찾아 읽었고, 이후 책을 좋아하는 여학생들에게 귀엣말로 권하기도 했다.

"이건 너도 맘에 들 거야. 샘이 진짜 좋아하는 책이거든."

『출판하는 마음』에는 밥벌이, 장사, 효용성, 판매 부수 등의 단어가 자주 나온다. 그동안 나는 책의 물성에는 관심을 갖지 않았다. 책 역시 자본의 논리에서 자유롭지 못함을 미처 몰랐다. 책을 만들고, 알리고, 판매하는 일이 밥벌이가 되기 어려운 현실에서도 출판하는 마음을 가진 이들은 쉽게 포기하지 않는다. 한 명 한 명 사연을 들어 볼수록 책을 만드는 환경, 출판 노동 조건이 개선되길 바라는 마음 간절해진다. 번역가나 북디자이너가 온전히 작업에만 집중할 수 있도록 마땅한 대우를 해 주었으면, 도서정가제가 완전히 정착되어서 동네 서점도 활로를 찾았으면. 작은 서점에서 공들여 컬렉션을 해 놓으면 사람들은 와서 사진만 찍고 구입은 온라인 서점에서 한다. 책을 읽는 행위 자체보다 서점 순례가 여행 상품처럼, 보여 주기 식으로 전시되는 건 아닌지. 얄밉도록 실속을 차리는 이들을 보면서, 그들과 한패였던 나도 부끄럽다.

책 속에는 책을 좋아하는 사람들이 많았다. 나는 감히 책을 읽는다고도, 좋아한다고도 할 수 없게 작아졌다. 세상 무엇보다 책이 좋아서 생계의 위험을 무릅쓰고 책과 함께 가는 길을 선택한 사람들, 그들의 열정과 끈기에 숙연하다. 어느 것 하나 내가 쉽게 넘볼 일이 없다. 편집자나 서점인은 뚝심이 필요하고, 마케터나 제작자는 엄두가 안 나고, 번역가나 북디자이너는 작가보다 더 멀리 있다. 천방지축 넘치는 에너지를 누르고, 내 앞에서만큼은 조신하게 책을 읽는 아이들이 얼마나 귀한 고객인지, 책을 좋아한다는 이유로 나는 얼마나 운 좋게 국어교사가 되었는지, 그동안 얼마나 안온하게 책의 호사를 누려 왔는지. 안정된 일을 하며 마음껏 책을 읽을 수 있는 건 책 속에, 책과 같이 변함없는 얼굴을 가진 사람들 덕분이다.

이들처럼 나도 '내 밥값'을 하고 싶다. 20년 넘게 선생 노릇하는 동안 아무도 내게 밥값을 하라고 채근한 적이 없었는데, 이 책을 읽는 내내 충분히 쫓기고 추궁당한 기분이다. 한 권의 책이 내게 오기까지, 저마다 누군가의 자식이고 연인이었기에. 그 정성과 진심이 독자들은 물론 책을 외면한 이들에게도 가 닿았으면 좋겠다. 세상에 읽히길 바라는 마음에 내가 보답하는 길은 꾸준히 읽고 권하는 일. 오늘도 아이들 손에 책을 쥐여 준다. 책과 함께 조금씩 나아지는, 나다워지는 나를 본다. 책의 씨앗으로 열리게 될 아이들의 가능성을 믿는다.

> 책 한 권을 읽는다고 인생이 뚝딱 바뀌진 않겠지만 그럼에도 책을 읽으면 좀 더 나은 내가 될 가능성을 얻을 수 있다. 나는 책이 곧 씨앗이라고 생각한다. 어떤 열매를 맺을지 아무도 모르지만, 설령 싹을 틔우지 못할지도 모르지만, 씨앗이 없으면 기회조차 얻을 수 없다. 책을 읽는다는 것은 삶에 가능성을 심는 일이다.
>
> – 정지혜, 『사적인 서점이지만 공공연하게 한 사람만을 위한 서점』 머리말에서

재미 보장! 주제별로 권하는 청소년 소설

중학생이 잘 읽는 책은 무엇일까? 너무도 당연한 말이지만, 재미있는 책이다. 첫째가 재미, 둘째가 흡입력, 셋째가 흥미진진, 의미와 감동은 다음다음이다. 중학생용 책을 찾는 교사라면 인내심부터 싹을 잘라야 한다. 주변의 호평을 듣고 읽기 시작했으나 쉽게 빨려들지 않는 책, '뒤로 가면 뭔가 있지 않을까?' 하는 기대를 갖고 힘들게 끝을 본 책은 (고생 끝에 낙을 보더라도) 아이들에겐 추천하지 않는다.

나의 책 소개를 듣고, 아이들이 책을 읽는 첫 시간, 첫 15분이 골든타임이다. 교실이 쥐 죽은 듯 조용, 책 속에 빨려든다면 성공! 웅성거림과 기웃거림이 멈추지 않는다면 실패다. 첫 15분의 진검 승부를 위해 방학이면 책 사냥에 나선 하이에나가 된다. 그렇다고 중학생을 단순 쾌락주의자로 몰아선 곤란하다. 아이들은 나름 의협심이 있다. 자기 일만이 아니라 주변 일, 세상 돌아가는 일에도 관심이 많다. 관심사와 책을 잘 연결만 해 주면 책에 얼마든지 재미를 붙일 수 있다. 이왕 책으로 차리는 밥상이라면 맛도 좋고 영양도 만점! 재미있게 읽다 보면 아이들 지성과 감성에 살이 통통하게 오를 메뉴를 준비해 보자. 그 메뉴가 국어교사에겐 바로 책 목록이다.

이제부터 소개하는 책들은 나의 취향에 근거한, 지극히 사적인 목록이다. '친구, 가족, 사랑, 차별, 죽음, 노동, 역사' 일곱 가지 주제에 따라 중학생들이 읽기 좋은 청소년 소설을 골랐다.

#친구 #학교 폭력

「체리새우 : 비밀글입니다」(황영미, 문학동네)
은따 경험이 있는 다현이는 '다섯 손가락' 무리에 낀 것을 다행으로 여긴다. 성인 작가가 썼다는 게 믿어지지 않게 아이들의 관계 묘사가 치밀하다.

「아무도 들어오지 마시오」(최나미, 사계절)
미스터리 소설처럼 시작부터 궁금증을 자아낸다. 갑자기 들이닥친 낯선 할머니, 엄마의 휴대폰에 담긴 문자 메시지, 끝까지 긴장하며 읽게 된다.

「용기 없는 일주일」(정은숙, 창비)
용기가 편의점을 다녀오다 사고가 났다. 빵 셔틀을 시킨 아이는 누구? 학교 폭력의 방관자였던 반 아이들이 사건에 개입되는 과정이 그려진다.

「옆집 아이 보고서」(최고나, 스푼북)
읽고 나서 할 말이 많은 소설. 은둔형 외톨이 순희를 세상으로 나오게 하려는 무민이의 노력은 물불을 안 가린다. 말도 안 되는 일이라면서도 아이들은 빨려 들어간다.

「형, 내 일기 읽고 있어?」(수진 닐슨, 라임)
학교 폭력의 피해자였던 형이 총기 사고를 내고 자살한다. 형을 잃은 동생이 쓰는 일기장, 애절한 슬픔과 통통 튀는 경쾌함이 함께 어우러진 작품.

#가족 #좋은 부모

「페인트」(이희영, 창비)
가까운 미래, 아이들이 부모 면접으로 자신의 부모를 선택한다. 곧 센터를 떠나 독립해야 할 주인공이 모처럼 좋은 예비 부모를 만나는데, 과연 최종 선택은?

「설이」(심윤경, 한겨레출판)
함박눈이 내리던 날 음식물 쓰레기통에 버려진 아기, 세 번의 입양과 파양을 거치며 자라온 '설이'에게 우리 사회는? 좋은 부모란? 어른에게도 질문을 던진다.

「맹탐정 고민 상담소」(이선주, 문학동네)
말은 '탐정'이지만 실제론 친구들 고민 상담사, 유명한 탐정이 되어 답답한 집을 떠나고 싶었던 은지의 꿈은 과연 이루어질 수 있을까?

『세계를 건너 너에게 갈게』(이꽃님, 문학동네)
시간을 초월하여 주고받는 편지, 결말이 예측되는 단점에도 불구하고, 아이들은 푹 빠져서 읽는다. 책장을 덮으면서 슬퍼하는 아이들을 보면 뭉클하다.

#사랑 #이성 교제

『사랑에 빠질 때 나누는 말들』(탁경은, 사계절)
주인공 서현이는 소논문을 위해 교도소에 있는 소년과 편지를 주고받는다. 편지만으로 둘은 친밀한 사이가 되는데, 마지막 소년의 고백을 받은 서현이의 선택은?

『산책을 듣는 시간』(정은, 사계절)
청각 장애를 가졌지만 열아홉 수지는 자신이 불행하다고 여기지 않는다. 낯선 세상을 향해 씩씩하게 나아가는 수지의 사랑과 독립을 응원한다.

『열세 살의 여름』(이윤희, 창비)
여학생들이 가슴에 쏙 품는 만화. 6학년 여름방학, 그 애도 혹시 나를 좋아한 게 아닐까? 책을 보는 아이들 표정이 발그레 피어난다. 그 모습을 보는 내 마음도 말랑말랑해진다.

#차별 #성소수자

『아빠와 나 그리고 아빠?』(이기규, 휴먼어린이)
열세 살 효이는 성소수자에 대해 강한 거부감을 가졌다가 아빠와 아빠가 사랑하는 또 한 명의 아빠를 이해하게 된다. 성소수자에 대한 편견을 유쾌하게 깨뜨려 주는 동화.

『오, 사랑』(조우리, 사계절)
여고생 사랑이는 레즈비언 솔이와 사귄다고 소문이 나고, 둘은 영국으로 떠난다. 사랑이의 친아빠가 있는 영국에서 펼쳐지는 또 다른 국면, 과연 사랑이와 솔이는 어떻게 될까?

『누나가 사랑했든 내가 사랑했든』(송경아, 창비)
누나와 남동생이 한 남자를 좋아한다는 설정부터 후끈하다. 티격태격하며 챙기는 남매 관계도 새롭고, 성소수자만이 아니라 성역할, 연애, 외모 등 할 말이 많은 소설.

『하모니 브러더스』(우오즈미 나오코, 사계절)
집을 나갔던 형이 7년 만에 '누나'가 되어 돌아온다. 형이 집을 나갈 수밖에 없었던 사정을 뒤늦게 이해하게 된 하비코, 형을 통해 자기 삶을 각성하는 동생의 성장소설로 읽힌다.

#죽음 #사회적 참사

『구미호 식당』(박현숙, 특별한서재)
갑작스러운 사고로 죽은 두 사람이 49일간의 삶을 유예받아 미해결 과제를 풀어 가는 이야기. 구미호 식당에서 크림말랑 수프를 만드는데, 아저씨가 찾으려는 그녀는 누구일까?

『우연한 빵집』(김혜연, 비룡소)
세월호를 기억하게 하는 소설. 사랑하는 이와의 갑작스러운 이별, 남겨진 이들의 아픈 일상이 담담하게, 따뜻하게 그려진다. 부드러운 빵 한 조각, 차 한 잔처럼 위로가 되는 소설.

『1분』(최은영, 시공사)
중학교 동창인 여고생 넷이 아이돌 콘서트를 보러 갔다가 건물이 무너지는 사고를 당한다. 1분 차이로 운명이 갈린 친구들. 삼풍백화점 붕괴 참사를 모티브로 삼았다.

#노동 #아르바이트

『편순이 알바 보고서』(박윤우, 글라이더)
미술학원 수강료를 벌기 위해 편의점 알바를 택한 정연이. 그러나 예상과는 달리 알바 일은 시작부터 삐그덕거린다. 편의점주가 알바비를 제때 지급하지 않는 것이다.

『별 볼 일 있는 녀석들』(양호문, 자음과모음)
열일곱 살 강후는 강아지 입양을 위해 알바를 시작한다. 한여름 닭발집 숯불 앞에서 진땀을 빼던 강후가 주변 알바생들과 뭉쳐야 하는데, 과연 악덕 업주를 이길 수 있을까?

『여우의 화원』(이병승, 북멘토)
쌍용자동차 정리 해고를 모티브로 한 동화. 자동차 회사 사장 아들과 해고 노동자 아들로 만나 어릴 적 우정을 되찾아 가는 두 소년, 어른들의 얼어붙은 마음도 녹일 수 있을까?

『까대기』(이종철, 보리)
만화가를 꿈꾸며 상경한 저자가 택배 알바를 하며 겪은 일, 함께 일한 사람들의 목소리를 생생히 기록했다. 노동의 고됨과 사람의 귀함을 확실하게 알게 된다.

#역사 #일본군 '위안부'

「그래도 나는 피었습니다」(문영숙, 서울셀렉션)
작품 속 허춘자 할머니는 가상의 인물이지만, 열네 살에 집을 떠나 짐승처럼 견뎌 온 삶은 허구가 아니다. 읽는 내내 고통스럽지만 몰입력 최고. 아이들은 수요 시위를 다녀왔다.

「못다 핀 꽃」(이경신, 휴머니스트)
1993년부터 5년 동안 할머니들과 첫 미술 수업을 했던 선생님의 에세이. 아픈 과거를 돌아보며 결국 그림을 통해 상처를 꺼내 함께 울고 웃는 할머니들의 모습이 뭉클하다.

「꽃 할머니」(권윤덕, 사계절)
'위안부' 문제를 알리는 그림책. 피해자들의 증언과 역사적 사실을 바탕으로 내용을 정리했다. 초등학교 중학년 이상, 중학생들도 공감하며 읽을 수 있다.

함께 읽기
좋은 날